Friedrich   Schiller

Die Braut von Messina

Friedrich   Schiller

Die Braut von Messina

ISBN/EAN: 9783337351960

Hergestellt in Europa, USA, Kanada, Australien, Japan

Cover: Foto ©Andreas Hilbeck / pixelio.de

Weitere Bücher finden Sie auf **www.hansebooks.com**

Die Braut von Messina

oder

die feindlichen Brüder.

Friedrich Schiller

Ein Trauerspiel mit Chören.

2

Personen.

Donna Isabella, Fürstin von Messina.
Don Manuel und Don Cesar, ihre Söhne.
Beatrice.
Diego.
Boten.
Chor, bestehend aus dem Gefolge der Brüder.
Die Ältesten von Messina, reden nicht.

Über den Gebrauch des Chors in der Tragödie

1. Aufzug 2. Aufzug 3. Aufzug 4. Aufzug

Erster Aufzug. (1)

———————————————————————————

(1) Die Eintheilung in Aufzüge und Auftritte, die sich in der
ersten und in allen bisherigen Ausgaben nicht findet, ist
dem von Schiller revidirten Hamburger Bühnenmanuscript
entnommen.

———————————————————————————

Die Scene ist eine geräumige Säulenhalle, auf beiden Seiten
sind Eingänge, eine große Flügelthüre in der Tiefe führt zu
einer Kapelle.

Erster Auftritt.

Donna Isabella in tiefer Trauer, die Ältesten von Messina
stehen um sie her.

Isabella.

Der Noth gehorchend, nicht dem eignen Trieb,
Tret' ich, ihr greisen Häupter dieser Stadt,
Heraus zu euch aus den verschwiegenen
Gemächern meines Frauensaals, das Antlitz
Vor euren Männerblicken zu entschleiern.
Denn es geziemt der Wittwe, die den Gatten
Verloren, ihres Lebens Licht und Ruhm,
Die schwarz umflorte Nachtgestalt dem Aug
Der Welt in stillen Mauern zu verbergen;
Doch unerbittlich allgewaltig treibt
Des Augenblicks Gebieterstimme mich
An das entwohnte Licht der Welt hervor.

Nicht zweimal hat der Mond die Lichtgestalt
Erneut, seit ich den fürstlichen Gemahl
Zu seiner letzten Ruhestätte trug,
Der mächtigwaltend dieser Stadt gebot,
Mit starkem Arme gegen eine Welt
Euch schützend, die euch feindlich rings umlagert.
Er selber ist dahin, doch lebt sein Geist
In einem tapfern Heldenpaare fort
Glorreicher Söhne, dieses Landes Stolz.
Ihr habt sie unter euch in freud'ger Kraft
Aufwachsen sehen, doch mit ihnen wuchs
Aus unbekannt verhängnißvollem Samen
Auch ein unsel'ger Bruderhaß empor,
Der Kindheit frohe Einigkeit zerreißend,
Und reifte furchtbar mit dem Ernst der Jahre.
Nie hab' ich ihrer Eintracht mich erfreut;
An diesen Brüsten nährt' ich beide gleich,
Gleich unter sie vertheil' ich Lieb' und Sorge,
Und beide weiß ich kindlich mir geneigt.
In diesem einz'gen Triebe sind sie Eins,
In allem Andern trennt sie blut'ger Streit.

Zwar, weil der Vater noch gefürchtet herrschte,
Hielt er durch gleiche Strenge furchtbare
Gerechtigkeit die Heftigbrausenden im Zügel,
Und unter eines Joches Eisenschwere
Bog er vereinend ihren starren Sinn.
Nicht waffentragend durften sie sich nahn,
Nicht in denselben Mauern übernachten.
So hemmt' er zwar mit strengem Machtgebot
Den rohen Ausbruch ihres wilden Triebs;
Doch ungebessert in der tiefen Brust
Ließ er den Haß—der Starke achtet es
Gering, die leise Quelle zu verstopfen,
Weil er dem Strome mächtig wehren kann.

Was kommen mußte, kam. Als er die Augen
Im Tode schloß und seine starke Hand
Sie nicht mehr bändigt, bricht der alte Groll
Gleichwie des Feuers eingepreßte Gluth,
Zur offnen Flamme sich entzündend, los.
Ich sag' euch, was ihr Alle selbst bezeugt:
Messina theilte sich, die Bruderfehde
Löst' alle heil'gen Bande der Natur,
Dem allgemeinen Streit die Losung gebend,
Schwert traf auf Schwert, zum Schlachtfeld ward die Stadt.
Ja, diese Hallen selbst bespritzte Blut.

Des Staates Bande sahet ihr zerreißen,
Doch mir zerriß im Innersten das Herz—
Ihr fühltet nur das öffentliche Leiden
Und fragtet wenig nach der Mutter Schmerz.
Ihr kamt zu mir und spracht dies harte Wort:
"Du siehst, daß deiner Söhne Bruderzwist
"Die Stadt empört in bürgerlichem Streit,
"Die, von dem bösen Nachbarn rings umgarnt,
"Durch Eintracht nur dem Feinde widersteht.

"—Du bist die Mutter! Wohl, so siehe zu,
"Wie du der Söhne blut'gen Hader stillst.
"Was kümmert uns, die Friedlichen, der Zank
"Der Herrscher? Sollen wir zu Grunde gehn,
"Weil deine Söhne wüthend sich befehden?
"Wir wollen uns selbst rathen ohne sie
"Und einem andern Herrn uns übergeben,
"Der unser Bestes will und schaffen kann!"

So spracht ihr rauhen Männer, mitleidlos
Für euch nur sorgend und für eure Stadt,
Und wälztet noch die öffentliche Noth
Auf dieses Herz, das von der Mutter Angst
Und Sorgen schwer genug belastet war.
Ich unternahm das nicht zu Hoffende,
Ich warf mit dem zerrißnen Mutterherzen
Mich zwischen die Ergrimmten, Frieden rufend—
Unabgeschreckt, geschäftig, unermüdlich
Beschickt' ich sie, den Einen um den Andern,
Bis ich erhielt durch mütterliches Flehn,
Das sie's zufrieden sind, in dieser Stadt
Messina, in dem väterlichen Schloß
Unfeindlich sich von Angesicht zu sehn,
Was nie geschah, seitdem der Fürst verschied.

Dies ist der Tag! Des Boten harr' ich stündlich,
Der mir die Kunde bringt von ihrem Anzug.
—Seid denn bereit, die Herrscher zu empfangen
Mit Ehrfurcht, wie's dem Unterthanen ziemt.
Nur eure Pflicht zu leisten seid bedacht,
Für's Andre laßt uns Andere gewähren.
Verderblich diesem Land und ihnen selbst
Verderbenbringend war der Söhne Streit;
Versöhnt, vereinigt, sind sie mächtig gnug,
Euch zu beschützen gegen eine Welt

Und Recht sich zu verschaffen—gegen euch!

(Die Ältesten entfernen sich schweigend, die Hand auf der
Brust.
Sie winkt einem alten Diener, der zurückbleibt.)

Zweiter Auftritt.

Isabella. Diego.

Isabella.
  Diego!

Diego.
      Was gebietet meine Fürstin?

Isabella.
  Bewährter Diener! Redlich Herz! Tritt näher!
  Mein Leiden hast du, meinen Schmerz getheilt,
  So theil' auch jetzt das Glück der Glücklichen.
  Verpfändet hab' ich deiner treuen Brust
  Mein schmerzlich süßes, heiliges Geheimniß.
  Der Augenblick ist da, wo es ans Licht
  Des Tages soll hervorgezogen werden.
  Zu lange schon erstickt' ich der Natur
  Gewalt'ge Regung, weil noch über mich
  Ein fremder Wille herrisch waltete.
  Jetzt darf sich ihre Stimme frei erheben,
  Noch heute soll dies Herz befriedigt sein,
  Und dieses Haus, das lang verödet war,
  Versammle Alles, was mir theuer ist.

  So lenke denn die alterschweren Tritte
  Nach jenem wohlbekannten Kloster hin,
  Das einen theuren Schatz mir aufbewahrt.

Du warst es, treue Seele, der ihn mir
Dorthin geflüchtet hat auf beßre Tage,
Den traur'gen Dienst der Traurigen erzeigend.
Du bringe fröhlich jetzt der Glücklichen
Das theure Pfand zurück.
(Man hört in der Ferne blasen.)
                    O eile, eile
Und laß die Freude deinen Schritt verjüngen!
Ich höre kriegerischer Hörner Schall,
Der meiner Söhne Einzug mir verkündigt.

(Diego geht ab. Die Musik läßt sich noch von einer entgegengesetzten
Seite immer näher und näher hören.)

Isabella.
Erregt ist ganz Messina—Horch! ein Strom
Verworrner Stimmen wälzt sich brausend her—
Sie sind's! Das Herz der Mutter, mächtig schlagend,
Empfindet ihrer Nähe Kraft und Zug.
Sie sind's! O meine Kinder, meine Kinder! (Sie eilt hinaus.)

Dritter Auftritt.

Chor tritt auf.

Er besteht aus zwei Halbchören, welche zu gleicher Zeit,
von zwei entgegengesetzten Seiten, der eine aus der Tiefe,
der andere aus dem Vordergrund eintreten, rund um die
Bühne gehen und sich alsdann auf derselben Seite, wo jeder
eingetreten, in eine Reihe stellen. Den einen Halbchor bilden
die ältern, den andern die jüngern Ritter; beide sind durch
Farbe und Abzeichen verschieden. Wenn beide Chöre
einander gegenüber stehen, schweigt der Marsch, und die

8

beiden Chorführer reden. (2)

---

(2) Anmerkung. Der Verfasser hat bei Übersendung des Manuscripts an das Theater zu Wien einen Vorschlag beigefügt, wie die Reden des Chors unter einzelne Personen vertheilt werden könnten. Der erste Chor sollte nämlich aus Cajetan, Berengar, Manfred, Tristan und acht Rittern Don Manuels, der zweite aus Bohemund, Roger, Hippolit und neun Rittern Don Cesars bestehen. Was jede dieser Personen nach des Verfassers Plane zu sagen haben würde, ist bei dieser Ausgabe angedeutet worden.

Erster Chor. (Cajetan.)
 Dich begrüß' ich in Ehrfurcht,
 Prangende Halle,
 Dich, meiner Herrscher
 Fürstliche Wiege,
 Säulengetragenes herrliches Dach.

 Tief in der Scheide
 Ruhe das Schwert,
 Vor den Thoren gefesselt
 Liege des Streits schlangenhaarigtes Scheusal.
 Denn des gastlichen Hauses
 Unverletzliche Schwelle
 Hütet der Eid, der Erinyen Sohn,
 Der furchtbarste unter den Göttern der Hölle!

Zweiter Chor. (Bohemund.)
 Zürnend ergrimmt mir das Herz im Busen,
 Zu dem Kampf ist die Faust geballt,
 Denn ich sehe das Haupt der Medusen,
 Meines Feindes verhaßte Gestalt.
 Kaum gebiet' ich dem kochenden Blute.

Gönn' ich ihm die Ehre des Worts?
Oder gehorch' ich dem zürnenden Muthe?
Aber mich schreckt die Eumenide,
Die Beschirmerin dieses Orts,
Und der waltende Gottesfriede.

Erster Chor. (Cajetan.)
  Weisere Fassung
  Ziemet dem Alter,
  Ich, der Vernünftige, grüße zuerst. (Zu dem zweiten Chor.)

  Sei mir willkommen,
  Der du mit mir
  Gleiche Gefühle
  Brüderlich theilend,
  Dieses Palastes
  Schützende Götter
  Fürchtend verehrst!
  Weil sich die Fürsten gütlich besprechen,
  Wollen auch wir jetzt Worte des Friedens
  Harmlos wechseln mit ruhigem Blut,
  Denn auch das Wort ist, das heilende, gut.
  Aber treff' ich dich draußen im Freien,
  Da mag der blutige Kampf sich erneuen,
  Da erprobe das Eisen den Muth.

Der ganze Chor.
  Aber treff ich dich draußen im Freien,
  Da mag der blutige Kampf sich erneuen,
  Da erprobe das Eisen den Muth.

Erster Chor. (Berengar.)
  Dich nicht hass' ich! Nicht du bist mein Feind!
  Eine Stadt ja hat uns geboren,
  Jene sind ein fremdes Geschlecht.
  Aber wenn sich die Fürsten befehden,

Müssen die Diener sich morden und tödten,
Das ist die Ordnung, so will es das Recht.

Zweiter Chor. (Bohemund.)
  Mögen sie's wissen,
  Warum sie sich blutig
  Hassend bekämpfen! Mich ficht es nicht an.
  Aber wir fechten ihre Schlachten;
  Der ist kein Tapfrer, kein Ehrenmann,
  Der den Gebieter läßt verachten.

Der ganze Chor.
  Aber wir fechten ihre Schlachten;
  Der ist kein Tapfrer, kein Ehrenmann,
  Der den Gebieter läßt verachten.

Einer aus dem Chor. (Berengar.)
  Hört, was ich bei mir selbst erwogen,
  Als ich müßig daher gezogen,
  Durch des Korus hochwallende Gassen,
  Meinen Gedanken überlassen.

  Wir haben uns in des Kampfes Wuth
  Nicht besonnen und nicht berathen,
  Denn uns bethörte das brausende Blut.

  Sind sie nicht unser, diese Saaten?
  Diese Ulmen, mit Reben umsponnen,
  Sind sie nicht Kinder unsrer Sonnen?
  Könnten wir nicht in frohem Genuß
  Harmlos vergnügliche Tage spinnen,
  Lustig das leichte Leben gewinnen?
  Warum ziehn wir mit rasendem Beginnen
  Unser Schwert für das fremde Geschlecht?
  Es hat an diesem Boden kein Recht.
  Auf dem Meerschiff ist es gekommen

11

Von der Sonne röthlichem Untergang;
Gastlich haben wir's aufgenommen
(Unsre Väter! Die Zeit ist lang),
Und jetzt sehen wir uns als Knechte,
Unterthan diesem fremden Geschlechte!

Ein Zweiter. (Manfred.)
Wohl! Wir bewohnen ein glückliches Land,
Das die himmelumwandelnde Sonne
Ansieht mit immer freundlicher Helle,
Und wir können es fröhlich genießen;
Aber es läßt sich nicht sperren und schließen,
Und des Meers rings umgebende Welle,
Sie verräth uns dem kühnen Corsaren,
Die die Küste verwegen durchkreuzt.
Einen Segen haben wir zu bewahren,
Der das Schwert nur des Fremdlings reizt.
Sklaven sind wir in den eigenen Sitzen,
Das Land kann seine Kinder nicht schützen.
Nicht, wo die goldene Ceres lacht
Und der friedliche Pan, der Flurenbehüter,
Wo das Eisen wächst in der Berge Schacht,
Da entspringen der Erde Gebieter.

Erster Chor. (Cajetan.)
Ungleich vertheilt sind des Lebens Güter
Unter der Menschen flücht'gem Geschlecht;
Aber die Natur, sie ist ewig gerecht.
Uns verlieh sie das Mark und die Fülle,
Die sich immer erneuend erschafft,
Jenen ward der gewaltige Wille
Und die unzerbrechliche Kraft.
Mit der furchtbaren Stärke gerüstet,
Führen sie aus, was dem Herzen gelüstet,
Füllen die Erde mit mächtigem Schall;

Aber hinter den großen Höhen
Folgt auf der tiefe, der donnernde Fall.

Darum lob' ich mir niedrig zu stehen,
Mich verbergend in meiner Schwäche.
Jene gewaltigen Wetterbäche,
Aus des Hagels unendlichen Schlossen,
Aus den Wolkenbrüchen zusammen geflossen,
Kommen finster gerauscht und geschossen,
Reißen die Brücken und reißen die Dämme
Donnernd mit fort im Wogengeschwemme,
Nichts ist, das die Gewaltigen hemme.
Doch nur der Augenblick hat sie geboren,
Ihres Laufes furchtbare Spur
Geht verrinnend im Sande verloren,
Die Zerstörung verkündigt sie nur.
—Die fremden Eroberer kommen und gehen;
Wir gehorchen, aber wir bleiben stehen.

Die hintere Thüre öffnet sich; Donna Isabella erscheint
zwischen ihren Söhnen Don Manuel und Don Cesar.

Beide Chöre. (Cajetan.)
  Preis ihr und Ehre,
  Die uns dort aufgeht,
  Eine glänzende Sonne!
  Knieend verehr' ich dein herrliches Haupt.

Erster Chor. (Berengar.)
  Schön ist des Mondes
  Mildere Klarheit
  Unter der Sterne blitzendem Glanz,
  Schön ist der Mutter
  Liebliche Hoheit
  Zwischen der Söhne feuriger Kraft;
  Nicht auf der Erden

Ist ihr Bild und ihr Gleichniß zu sehn.

Hoch auf des Lebens (3)

————————————————————————————

(3) Anmerkung. Nach der Absicht des Verf. sollte die Stelle: "Hoch auf des Lebens—ihrem Sohn" auf dem Theater wegbleiben.

————————————————————————————

Gipfel gestellt,
Schließt sie blühend den Kreis des Schönen,
Mit der Mutter und ihren Söhnen
Krönt sich die herrlich vollendete Welt.

Selber die Kirche, die göttliche, stellt nicht
Schöneres dar auf dem himmlischen Thron;
Höheres bildet
Selber die Kunst nicht, die göttlich geborne,
Als die Mutter mit ihrem Sohne.

Zweiter Chor. (Bohemund.)
  Freudig sieht sie aus ihrem Schooße
  Einen blühenden Baum sich erheben,
  Der sich ewig sprossend erneut.
  Denn sie hat ein Geschlecht geboren,
  Welches wandeln wird mit der Sonne
  Und den Namen geben der rollenden Zeit.
(Roger.)
  Völker verrauschen,
  Namen verklingen,
  Finstre Vergessenheit
  Breitet die dunkelnachtenden Schwingen
  Über ganzen Geschlechtern aus.

14

Aber der Fürsten
Einsame Häupter
Glänzen erhellt,
Und Aurora berührt sie
Mit den ewigen Strahlen
Als die ragenden Gipfel der Welt.

Vierter Auftritt.

Isabella (mit ihren Söhnen hervortretend).
Blick' nieder, hohe Königin des Himmels,
Und halte deine Hand auf dieses Herz,
Daß es der Übermuth nicht schwellend hebe;
denn leicht vergäße sich der Mutter Freude,
Wenn sie sich spiegelt in der Söhne Glanz,
Zum Erstenmal, seitdem ich sie geboren,
Umfass' ich meines Glückes Fülle ganz.
Denn bis auf diesen Tag mußt' ich gewaltsam
Des Herzens fröhliche Ergießung theilen;
Vergessen ganz mußt' ich den einen Sohn,
Wenn ich der Nähe mich des andern freute.
O, meine Mutterliebe ist nur eine,
Und meine Söhne waren ewig zwei!
—Sagt, darf ich ohne Zittern mich der süßen
Gewalt des trunknen Herzens überlassen? (Zu Don
Manuel.)
Wenn ich die Hand des Bruders freundlich drücke,
Stoß' ich den Stachen nicht in deine Brust? (Zu Don
Cesar.)
Wenn ich das Herz an seinem Anblick weide,
Ist's nicht ein Raub an Dir?—O, ich muß zittern,
Daß meine Liebe selbst, die ich euch zeige,
Nur eures Hasses Flammen heft'ger schüre.

(Nachdem sie Beide fragend angesehen.)

Was darf ich mir von euch versprechen? Redet!
Mit welchem Herzen kamet ihr hieher?
Ist's noch der alte unversöhnte Haß,
Den ihr mit herbringt in des Vaters Haus,
Und wartet draußen vor des Schlosses Thoren
Der Krieg, auf Augenblicke nur gebändigt
Und knirschend in das eherne Gebiß,
Um alsobald, wenn ihr den Rücken mir
Gekehrt, mit neuer Wuth sich zu entfesseln?

Chor. (Bohemund.)
Krieg oder Frieden! Noch liegen die Loose
Dunkel verhüllt in der Zukunft Schooße!
Doch es wird sich noch, eh wir uns trennen, entscheiden;
Wir sein bereit und gerüstet zu beiden.

Isabella (im ganzen Kreis umherschauend.)
Und welcher furchtbar kriegerische Anblick!
Was sollen Diese hier? Ist's eine Schlacht,
Die sich in diesen Sälen zubereitet?
Wozu die fremde Schaar, wenn eine Mutter
Das Herz aufschließen will vor ihren Kindern?
Bis in den Schooß der Mutter fürchtet ihr
Der Arglist Schlingen, tückischen Verrath,
Daß ihr den Rücken euch besorglich deckt?
—O diese wilden Banden, die euch folgen,
Die raschen Diener eures Zorns—sie sind
Nicht eure Freunde! Glaubet nimmermehr,
Daß sie euch wohlgesinnt zum Besten rathen!
Wie könnten sie's von Herzen mit euch meinen,
Den Fremdlingen, dem eingedrungnen Stamm,
Der aus dem eignen Erbe sie vertrieben,
Sich über die der Herrschaft angemaßt?
Glaubt mir! Es liebt ein Jeder, frei sich selbst

16

Zu leben nach dem eigenen Gesetz;
Die fremde Herrschaft wird mit Neid ertragen.
Von eurer Macht allein und ihrer Furcht
Erhaltet ihr den gern versagten Dienst.
Lernt dies Geschlecht, das herzlos falsche, kennen!
Die Schadenfreude ist's, wodurch sie sich
An eurem Glück, an eurer Größe rächen.
Der Herrscher Fall, der hohen Häupter Sturz
Ist ihrer Lieder Stoff und ihr Gespräch,
Was sich vom Sohn zum Enkel forterzählt,
Womit sie sich die Winternächte kürzen.
—O meine Söhne! Feindlich ist die Welt
Und falsch gesinnt! Es liebt ein Jeder nur
Sich selbst; unsicher, los und wandelbar
Sind alle Bande, die das leichte Glück
Geflochten—Laune löst, was Laune knüpft—
Nur die Natur ist redlich! Sie allein
Liegt an dem ew'gen Ankergrunde fest,
Wenn alles Andre auf den sturmbewegten Wellen
Des Lebens unstet treibt—Die Neigung gibt
Den Freund, es gibt der Vortheil den Gefährten;
Wohl Dem, dem die Geburt den Bruder gab!
Ihn kann das Glück nicht geben! Anerschaffen
Ist ihm der Freund, und gegen eine Welt
Voll Kriegs und Truges steht er zweifach da!

Chor. (Cajetan.)
Ja, es ist etwas Großes, ich muß es verehren,
Um einer Herrscherin fürstlichen Sinn,
Über der Menschen Thun und Verkehren
Blickt sie mit ruhiger Klarheit hin.
Uns aber treibt das verworrene Streben
Blind und sinnlos durchs wüste Leben.

Isabella. (zu Don Cesar).

Du, der das Schwert auf seinen Bruder zückt,
Sieh dich umher in dieser ganzen Schaar,
Wo ist ein edler Bild als deines Bruders? (Zu Don Manuel.)
Wer unter Diesen, die du Freunde nennst,
Darf deinem Bruder sich zur Seite stellen?
Ein Jeder ist ein Muster seines Alters,
Und Keiner gleicht, und Keiner weicht dem Andern.
Wagt es, euch in das Angesicht zu sehn!
O Raserei der Eifersucht, des Neides!
Ihn würdest du aus Tausenden heraus
Zum Freunde dir gewählt, ihn an das Herz
Geschlossen haben als den Einzigen;
Und jetzt, da ihn die heilige Natur
Dir gab, dir in der Wiege schon ihn schenkte,
Trittst du, ein Frevler an dem eignen Blut,
Mit stolzer Willkür ihr Geschenk mit Füßen,
Dich wegzuwerfen an den schlechtern Mann,
Dich an den Feind und Fremdling anzuschließen!

Don Manuel.
  Höre mich, Mutter!

Don Cesar.
          Mutter, höre mich!

Isabella.
  Nicht Worte sind's, die diesen traur'gen Streit
  Erledigen—Hier ist das Mein und Dein,
  Die Rache von der Schuld nicht mehr zu sondern.
  —Wer möchte noch das alte Bette finden
  Des Schwefelstroms, der glühend sich ergoß?
  Des unterird'schen Feuers schreckliche
  Geburt ist Alles, eine Lavarinde
  Liegt aufgeschichtet über dem Gesunden,
  Und jeder Fußtritt wandelt auf Zerstörung.
  —Nur dieses Eine leg' ich euch ans Herz:

Das Böse, das der Mann, der mündige,
Dem Manne zufügt, das, ich will es glauben,
Vergibt sich und versöhnt sich schwer. Der Mann
Will seinen Haß, und keine Zeit verändert
Den Rathschluß, den er wohl besonnen faßt.
Doch eures Haders Ursprung steigt hinauf
In unverständ'ger Kindheit frühe Zeit,
Sein Alter ist's, was ihn entwaffnen sollte.
Fragte zurück, was euch zuerst entzweite;
Ihr wißt es nicht, ja, fändet ihr's auch aus,
Ihr würdet auch des kind'schen Haders schämen.
Und dennoch ist's der erste Kinderstreit,
Der, fortgezeugt in unglücksel'ger Kette,
Die neuste Unbill dieses Tags geboren.
Denn alle schweren Thaten, die bis jetzt geschahn,
Sind nur des Argwohns und der Rache Kinder.
—Und jene Knabenfehde wolltet ihr
Nicht jetzt fortkämpfen, da ihr Männer seid? (Beider Hände
fassend.)
O, meine Söhne! Kommt, entschließet euch,
Die Rechnung gegenseitig zu vertilgen,
Denn gleich auf beiden Seiten ist das Unrecht.
Seid edel, und großherzig schenkt einander
Die unabtragbar ungeheure Schuld.
Der Siege göttlichster ist das Vergeben!
In eueres Vaters Gruft werft ihn hinab,
Den alten Haß der frühen Kinderzeit!
Der schönen Liebe sei das neue Leben,
Der Eintracht, der Versöhnung sei's geweiht.

(Sie tritt einen Schritt zwischen beiden zurück, als wollte sie
ihnen Raum geben, sich einander zu nähern. Beide blicken
zur Erde, ohne einander anzusehen.)

Chor. (Cajetan.)

Höret der Mutter vermahnende Rede,
Wahrlich, sie spricht ein gewichtiges Wort!
Laßt es genug sein und endet die Fehde,
Oder gefällt's euch, so setzet sie fort.
Was auch genehm ist, das ist mir gerecht,
Ihr seid die Herrscher, und ich bin der Knecht.

Isabella. (nachdem sie einige Zeit innegehalten und vergebens eine
Äußerung der Brüder erwartet, mit unterdrücktem Schmerz.)
Jetzt weiß ich nichts mehr. Ausgeleert hab' ich
Der Worte Köcher und erschöpft der Bitten Kraft.
Im Grabe ruht, der euch gewaltsam bändigte,
Und machtlos steht die Mutter zwischen euch.
—Vollendet! Ihr habt freie Macht! Gehorcht
Dem Dämon, der euch sinnlos wüthend treibt,
Ehrt nicht des Hausgotts heiligen Altar,
Laßt diese Halle selbst, die euch geboren,
Den Schauplatz werden eines Wechselmords.
Vor eurer Mutter Aug zerstöret euch
Mit euren eignen, nicht durch fremde Hände.
Leib gegen Leib, wie das thebanische Paar,
Rückt auf einander an, und wuthvoll ringend,
Umfanget euch mit eherner Umarmung.
Leben um Leben tauschend siege Jeder,
Den Dolch einbohrend nicht des Andern Brust,
Daß selbst der Tod nicht eure Zwietracht heile,
Die Flamme selbst, des Feuers rothe Säule,
Die sich von eurem Scheiterhaufen hebt,
Sich zweigespalten von einander theile,
Ein schaudernd Bild, wie ihr gestorben und gelebt.

(Sie geht ab. Die Brüder bleiben noch in der vorigen Entfernung von einander stehen.)

Fünfter Auftritt.

Beide Brüder. Beide Chöre.

Chor. (Cajetan.)
  Es sind nur Worte, die sie gesprochen,
  Aber sie haben den fröhlichen Muth
  In der felsigten Brust mir gebrochen!
  Ich nicht vergoß das verwandte Blut.
  Nein zum Himmel erheb' ich die Hände:
  Ihr seid Brüder! Bedenket das Ende!

Don Cesar (ohne Don Manuel anzusehen).
  Du bist der ältre Bruder, rede du!
  Dem Erstgebornen weich' ich ohne Schande.

Don Manuel (in derselben Stellung).
  Sag' etwas Gutes, und ich folge gern
  Dem edeln Beispiel, das der jüngre gibt.

Don Cesar.
  Nicht, weil ich für den Schuldigeren mich
  Erkenne oder schwächer gar mich fühle—

Don Manuel.
  Nicht Kleinmuths zeiht Don Cesarn, wer ihn kennt,
  Fühlt' er sich schwächer, würd' er stolzer reden.

Don Cesar.
  Denkst du von deinem Bruder nicht geringer?

Don Manuel.
  Du bist zu stolz zur Demuth, ich zur Lüge.

Don Cesar.
  Verachtung nicht erträgt mein edles Herz.
  Doch in des Kampfes heftigster Erbittrung

21

Gedachtest du mit Würde deines Bruders.

Don Manuel.
  Du willst nicht meinen Tod, ich habe Proben.
  Ein Mönch erbot sich dir, mich meuchlerisch
  Zu morden; du bestraftest den Verräther.

Don Cesar (tritt etwas näher).
  Hätt' ich dich früher so gerecht erkannt,
  Es wäre Vieles ungeschehn geblieben.

Don Manuel.
  Und hätt' ich dir ein so versöhnlich Herz
  Gewußt, viel Mühe spart' ich dann der Mutter.

Don Cesar.
  Du wurdest mir viel stolzer abgeschildert.

Don Manuel.
  Es ist der Fluch der Hohen, daß die Niedern
  Sich ihres offnen Ohrs bemächtigen.

Don Cesar (lebhaft).
  So ist's, die Diener tragen alle Schuld.

Don Manuel.
  Die unser Herz in bitterm Haß entfremdet.

Don Cesar.
  Die böse Worte hin und wieder trugen.

Don Manuel.
  Mit falscher Deutung jede That vergiftet.

Don Cesar.
  Die Wunde nährten, die sie heilen sollten.

Don Manuel.

Die Flamme schürten, die sie löschen konnten.

Don Cesar.
　Wir waren die Verführer, die Betrogenen!

Don Manuel.
　Das blinde Werkzeug fremder Leidenschaft!

Don Cesar.
　Ist's wahr, daß alles Andre treulos ist—

Don Manuel.
　Und falsch! Die Mutter sagt's, du darfst es glauben!

Don Cesar.
　So will ich diese Bruderhand ergreifen—

(Er reicht ihm die Hand hin.)

Don Manuel. (ergreift sie lebhaft).
　Die mir die nächste ist auf dieser Welt.

(Beide stehen Hand in Hand und betrachten einander eine
Zeitlang schweigend.)

Don Cesar.
　Ich seh' dich an, und überrascht, erstaunt
　Find' ich in dir der Mutter theure Züge.

Don Manuel.
　Und eine Ähnlichkeit entdeckt sich mir
　In dir, die mich noch wunderbarer rühret.

Don Cesar.
　Bist du es wirklich, der dem jüngern Bruder
　So hold begegnet und so gütig spricht?

Don Manuel.

Ist dieser freundlich sanftgesinnte Jüngling
Der übelwollend mir gehäß'ge Bruder?

(Wiederum Stillschweigen; Jeder steht in den Anblick des
Andern verloren.)

Don Cesar.
  Du nahmst die Pferde von arab'scher Zucht
  In Anspruch aus dem Nachlaß unsers Vaters.
  Den Rittern, die du schicktest, schlug ich's ab.

Don Manuel.
  Sie sind dir lieb, ich denke nicht mehr dran.

Don Cesar.
  Nein, nimm die Rosse, nimm den Wagen auch
  Des Vaters, nimm sie, ich beschwöre dich!

Don Manuel.
  Ich will es thun, wenn du das Schloß am Meere
  Beziehen willst, um das wir heftig stritten.

Don Cesar.
  Ich nehm' es nicht, doch bin ich's wohl zufrieden,
  Daß wir's gemeinsam brüderlich bewohnen.

Don Manuel.
  So sei's! Warum ausschließend Eigenthum
  Besitzen, da die Herzen einig sind?

Don Cesar.
  Warum noch länger abgesondert leben,
  Da wir, vereinigt, jeder reicher werden?

Don Manuel.
  Wir sind nicht mehr getrennt, wir sind vereinigt.

(Er eilt in seine Arme.)

Erster Chor (zum zweiten.) (Cajetan.)
  Was stehen wir hier noch feindlich geschieden,
  Da die Fürsten liebend sich umfassen?
  Ihrem Beispiel folg' ich und biete dir Frieden,
  Wollen wir einander denn ewig hassen?
  Sind sie Brüder durch Blutes Bande,
  Sind wir Bürger und Söhne von einem Lande.

(Beide Chöre umarmen sich.)

Sechster Auftritt.

Ein Bote tritt auf.

Zweiter Chor (Zu Don Cesar.) (Bohemund.)
  Den Späher, den du ausgesendet, Herr,
  Erblick' ich wiederkehrend. Freue dich,
  Don Cesar! Gute Botschaft harret dein,
  Denn fröhlich strahlt der Blick des Kommenden.

Bote.
  Heil mir und Heil der fluchbefreiten Stadt!
  Des schönsten Anblicks wird mein Auge froh.
  Die Söhne meines Herrn, die Fürsten seh' ich
  In friedlichem Gespräche, Hand in Hand,
  Die ich in heißer Kampfes Wuth verlassen.

Don Cesar.
  Du siehst die Liebe aus des Hasses Flammen
  Wie einen neu verjüngten Phönix steigen.

Bote.
  Ein zweites leg' ich zu dem ersten Glück!
  Mein Botenstab ergrünt von frischen Zweiten!

Don Cesar. (ihn bei Seite führend).
  Laß hören, was du bringst.

Bote.
                    Ein einz'ger Tag
  Will Alles, was erfreulich ist, versammeln.
  Auch die Verlorene, nach der wir suchten,
  Sie ist gefunden, Herr, sie ist nicht weit.

Don Cesar.
  Sie ist gefunden! O, wo ist sie? Sprich!

Bote.
  Hier in Messina, Herr, verbirgt sie sich.

Don Manuel (zu dem ersten Halbchor gewendet).
  Von hoher Röthe Gluth seh' ich die Wangen
  Des Bruders glänzen, und sein Auge blitzt.
  Ich weiß nicht, was es ist; doch ist's die Farbe
  Der Freude, und mitfreuend theil' ich sie.

Don Cesar (zu dem Boten).
  Komm, führe mich!—Leb wohl, Don Manuel!
  Im Arm der Mutter finden wir uns wieder;
  Jetzt fordert mich ein dringend Werk von hier. (Er will
gehen.)

Don Manuel.
  Verschieb' es nicht. Das Glück begleite dich.

Don Cesar (besinnt sich und kommt zurück).
  Don Manuel! Mehr, als ich sagen kann,
  Freut mich dein Anblick—ja, mir ahnet schon,
  Wir werden uns wie Herzensfreunde lieben,
  Der langgebundne Trieb wird freud'ger nur
  Und mächt'ger streben in der neuen Sonne.
  Nachholen werd' ich das verlorne Leben.

Don Manuel.
Die Blüthe deutet auf die schöne Frucht.

Don Cesar.
Es ist nicht recht, ich fühl's und tadle mich,
Daß ich mich jetzt aus deinen Armen reiße.
Denk' nicht, ich fühle weniger, als du,
Weil ich die festlich schöne Stunde rasch zerschneide.

Don Manuel (mit sichtbarer Zerstreuung).
Gehorche du dem Augenblick! Der Liebe
Gehört von heute an das ganze Leben.

Don Cesar.
Entdeckt' ich dir, was mich von hinnen ruft—

Don Manuel.
Laß mir dein Herz! Dir bleibe dein Geheimniß.

Don Cesar.
Auch kein Geheimniß trenn' uns ferner mehr,
Bald soll die letzte dunkle Falte schwinden!
(Zu dem Chor gewendet.)
Euch künd' ich's an, damit ihr's Alle wisset!
Der Streit ist abgeschlossen zwischen mir
Und dem geliebten Bruder! Den erklär' ich
Für meinen Todfeind und Beleidiger
Und werd' ihn hassen wie der Hölle Pforten,
Der den erloschnen Funken unsers Streits
Aufbläst zu neuen Flammen—Hoffe Keiner
Mir zu gefallen oder Dank zu ernten,
Der von dem Bruder Böses mir berichtet,
Mit falscher Dienstbegier den bittern Pfeil
Des raschen Worts geschäftig weiter sendet.
—Nicht Wurzeln auf der Lippe schlägt das Wort,
Das unbedacht dem schnellen Zorn entflohen;

Doch, von dem Ohr des Argwohns aufgefangen,
Kriecht es wie Schlingkraut endlos treibend fort
Und hängt ans Herz sich an mit tausend Ästen:
So trennen endlich in Verworrenheit
Unheilbar sich die Guten und die Besten!

(Er umarmt den Bruder noch einmal und geht ab, von dem zweiten
Chor begleitet.)

Siebenter Auftritt.

Don Manuel und der erste Chor.

Chor. (Cajetan.)
  Verwundrungsvoll, o Herr, betracht' ich dich,
  Und fast muß ich dich heute ganz verkennen.
  Mit karger Rede kaum erwiederst du
  Des Bruders Liebesworte, der gutmeinend
  Mit offnem Herzen dir entgegen kommt.
  Versunken in dich selber stehst du da,
  Gleich einem Träumenden, als wäre nur
  Dein Leib zugegen, und die Seele fern.
  Wer so dich sähe, möchte leicht der Kälte
  Dich zeihn und stolz unfreundlichen Gemüths;
  Ich aber will dich drum nicht fühllos schelten,
  Denn heiter blickst du, wie ein Glücklicher
  Um dich, und Lächeln spielt um deine Wangen.

Don Manuel.
  Was soll ich sagen? was erwiedern? Mag
  Der Bruder Worte finden! Ihn ergreift
  Ein überraschend neu Gefühl; er sieht
  Den alten Haß aus seinem Busen schwinden,

28

Und wundernd fühlt er sein verwandtes Herz.
Ich — habe keinen Haß mehr mitgebracht,
Kaum weiß ich noch, warum wir blutig stritten.
Denn über allen ird'schen Dingen hoch
Schwebt mir auf Freudenfittigen die Seele,
Und in dem Glanzesmeer, das mich umfängt,
Sind alle Wolken mir und finstre Falten
Des Lebens ausgeglättet und verschwunden.
— Ich sehe diese Hallen, diese Säle,
Und denke mir das freudige Erschrecken
Der überraschten, hoch erstaunten Braut,
Wenn ich als Fürstin sie und Herrscherin
Durch dieses Hauses Pforten führen werde.
— Noch liebt sie nur den Liebenden! Dem Fremdling,
Dem Namenlosen hat sie sich gegeben.
Nicht ahnet sie, daß es Don Manuel,
Messina's Fürst ist, der die goldne Binde
Ihr um die schöne Stirne flechten wird.
Wie süß ist's, das Geliebte zu beglücken
Mit ungehoffter Größe Glanz und Schein!
Längst spart' ich mir dies höchste der Entzücken,
Wohl bleibt es stets sein höchster Schmuck allein;
Doch auch die Hoheit darf das Schöne schmücken,
Der goldne Reif erhebt den Edelstein.

Chor. (Cajetan.)
Ich höre dich, o Herr, vom langen Schweigen
Zum erstenmal den stummen Mund entsiegeln.
Mit Späheraugen folgt' ich dir schon längst,
Ein seltsam wunderbar Geheimniß ahnend;
Doch nicht erkühnt' ich mich, was du vor mir
In tiefes Dunkel hüllst, dir abzufragen.
Dich reizt nicht mehr der Jagden muntre Lust,
Der Rosse Wettlauf und des Falken Sieg.
Aus der Gefährten Aug verschwindest du,

So oft die Sonne sinkt zum Himmelsrande,
Und Keiner unsers Chors, die wir dich sonst
In jeder Kriegs—und Jagdgefahr begleiten,
Mag deines stillen Pfads Gefährte sein.
Warum verschleierst du bis diesen Tag
Dein Liebesglück mit dieser neid'schen Hülle?
Was zwingt den Mächtigen, daß er verhehle?
Denn Furcht ist fern von deiner großen Seele.

Don Manuel.
Geflügelt ist das Glück und schwer zu binden,
Nur in verschloßner Lade wird's bewahrt.
Das Schweigen ist zum Hüter ihm gesetzt,
Und rasch entfliegt es, wenn Geschwätzigkeit
Voreilig wagt, die Decke zu erheben.
Doch jetzt, dem Ziel so nahe, darf ich wohl
Das lange Schweigen brechen, und ich will's.
Denn mit der nächsten Morgensonne Strahl
Ist sie die Meine, und des Dämons Neid
Wird keine Macht mehr haben über mich.
Nicht mehr verstohlen werd' ich zu ihr schleichen,
Nicht rauben mehr der Liebe goldne Frucht,
Nicht mehr die Freude haschen auf der Flucht,
Das Morgen wird dem schönen Heute gleichen,
Nicht Blitzen gleich, die schnell vorüber schießen
Und plötzlich von der Nacht verschlungen sind,
Mein Glück wird sein, gleichwie des Baches Fließen,
Gleichwie der Sand des Stundenglases rinnt.

Chor. (Cajetan.)
So nenne sie uns, Herr, die dich im Stillen
Beglückt, daß wir dein Loos beneidend rühmen
Und würdig ehren unsers Fürsten Braut.
Sag' an, wo du sie fandest, wo verbirgst,
In welches Orts verschwiegner Heimlichkeit?

Denn wir durchziehen schwärmend weit und breit
Die Insel auf der Jagd verschlungnen Pfaden,
Doch keine Spur hat uns dein Glück verrathen,
So daß ich bald mich überreden möchte,
Es hülle sie ein Zaubernebel ein.

Don Manuel.
　Den Zauber lös' ich auf, denn heute noch
　Soll, was verborgen war, die Sonne schauen.
　Vernehmet denn und hört, wie mir geschah.
　Fünf Monde sind's, es herrschte noch im Lande
　Des Vaters Macht und beugete gewaltsam
　Der Jugend starren Nacken in das Joch—
　Nichts kannt' ich als der Waffen wilde Freuden
　Und als des Waidwerks kriegerische Lust.
　—Wir hatten schon den ganzen Tag gejagt
　Entlang des Waldgebirges—da geschah's,
　Daß die Verfolgung einer weißen Hindin
　Mich weit hinweg aus eurem Haufen riß.
　Das scheue Thier floh durch des Thales Krümmen,
　Durch Busch und Kluft und bahnenlos Gestrüpp,
　Auf Wurfes Weite sah ich's stets vor mir,
　Doch konnt' ich's nicht erreichen, noch erzielen,
　Bis es zuletzt an eines Gartens Pforte mir
　Verschwand. Schnell von dem Roß herab mich werfend
　Dring' ich ihm nach, schon mit dem Speere zielend,
　Da seh' ich wundern das erschrockne Thier
　Zu einer Nonne Füßen zitternd liegen,
　Die selbst mit zarten Händen schmeichelnd kost.
　Bewegungslos starr' ich das Wunder an,
　Den Jagdspieß in der Hand, zum Wurf ausholend—
　Sie aber blickt mit großen Augen flehend
　Mich an. So stehn wir schweigend gegen einander—
　Wie lange Frist, das kann ich nicht ermessen,
　Denn alles Maß der Zeiten war vergessen.

Tief in die Seele drückt sie mir den Blick,
Und umgewandelt schnell ist mir das Herz.
—Was ich nun sprach, was die Holdsel'ge mir
Erwiedert, möge Niemand mich befragen,
Denn wie ein Traumbild liegt es hinter mir
Aus früher Kindheit dämmerhellen Tagen,
An meiner Brust fühlt' ich die ihre schlagen,
Als die Besinnungskraft mir wieder kam.
Da hört' ich einer Glocke helles Läuten,
Den Ruf zur Hora schien es zu bedeuten,
Und schnell, wie Geister in die Luft verwehen,
Entschwand sie mir und ward nicht mehr gesehen.

Chor. (Cajetan.)
Mit Furcht, o Herr, erfüllt mich dein Bericht.
Raub hast du an dem Göttlichen begangen,
Des Himmels Braut berührt mit sündigem Verlangen,
Denn furchtbar heilig ist des Klosters Pflicht.

Don Manuel.
Jetzt hatt' ich eine Straße nur zu wandeln,
Das unstet schwanke Sehnen war gebunden,
Dem Leben war sein Inhalt ausgefunden.
Und wie der Pilger sich nach Osten wendet,
Wo ihm die Sonne der Verheißung glänzt,
So kehrte sich mein Hoffen und mein Sehnen
Dem einen hellen Himmelspunkte zu.
Kein Tag entstieg dem Meer und sank hinunter,
Der nicht zwei glücklich Liebende vereinte.
Geflochten still war unsrer Herzen Bund,
Nur der allsehnde Äther über uns
War des verschwiegnen Glücks vertrauter Zeuge,
Es brauchte weiter keines Menschen Dienst.
Das waren goldne Stunden, sel'ge Tage!
—Nicht Raub am Himmel war mein Glück, denn noch

Durch kein Gelübde war das Herz gefesselt,
Das sich auf ewig mir zu eigen gab.

Chor. (Cajetan.)
So war das Kloster eine Freistatt nur
Der zarten Jugend, nicht des Lebens Grab?

Don Manuel.
Ein heilig Pfand ward sie dem Gotteshaus
Vertraut, das man zurück einst werde fordern.

Chor. (Cajetan.)
Doch welches Blutes rühmt sie sich zu sein?
Denn nur vom Edeln kann das Edle stammen.

Don Manuel.
Sich selber ein Geheimniß wuchs sie auf,
Nicht kennt sie ihr Geschlecht, noch Vaterland.

Chor. (Cajetan.)
Und leitet keine dunkle Spur zurück
Zu ihres Daseins unbekannten Quellen?

Don Manuel.
Daß sie von edelm Blut, gesteht der Mann,
Der einz'ge, der um ihre Herkunft weiß.

Chor. (Cajetan.)
Wer ist der Mann? Nichts halte mir zurück,
Denn wissend nur kann ich dir nützlich rathen.

Don Manuel.
Ein alter Diener naht von Zeit zu Zeit,
Der einz'ge Bote zwischen Kind und Mutter.

Chor. (Cajetan.)
Von diesem Alten hast du nichts erforscht?

Feigherzig und geschwätzig ist das Alter.

Don Manuel.
  Nie wagt' ich's, einer Neugier nachzugeben,
  Die mein verschwiegnes Glück gefährden könnte.

Chor. (Cajetan.)
  Was aber war der Inhalt seiner Worte,
  Wenn er die Jungfrau zu besuchen kam?

Don Manuel.
  Auf eine Zeit, die Alles lösen werde,
  Hat er von Jahr zu Jahren sie vertröstet.

Chor. (Cajetan.)
  Und diese Zeit, die Alles lösen soll,
  Hat er sie näher deutend nicht bezeichnet?

Don Manuel.
  Seit wenig Monden drohete der Greis
  Mit einer nahen Ändrung ihres Schicksals.

Chor. (Cajetan.)
  Er drohte, sagst du? Also fürchtest du
  Ein Licht zu schöpfen das dich nicht erfreut?

Don Manuel.
  Ein jeder Wechsel schreckt den Glücklichen,
  Wo kein Gewinn zu hoffen, droht Verlust.

Chor. (Cajetan.)
  Doch konnte die Entdeckung, die du fürchtest,
  Auch deiner Liebe günst'ge Zeichen bringen.

Don Manuel.
  Auch stürzen konnte sie mein Glück; drum wählt' ich
  Das Sicherste, ihr schnell zuvor zu kommen.

Chor. (Cajetan.)
Wie das, o Herr? Mit Furcht erfüllt du mich,
Und eine rasche That muß ich besorgen.

Don Manuel.
Schon seit den letzten Monden ließ der Greis
Geheimnißvolle Winke sich entfallen,
Daß nicht mehr ferne sei der Tag, der sie
Den Ihrigen zurücke geben werde.
Seit gestern aber sprach er's deutlich aus,
Daß mit der nächsten Morgensonne Strahl—
Dies aber ist der Tag, der heute leuchtet—
Ihr Schicksal sich entscheidend werde lösen.
Kein Augenblick war zu verlieren, schnell
War mein Entschluß gefaßt und schnell vollstreckt.
In dieser Nacht raubt' ich die Jungfrau weg
Und brachte sie verborgen nach Messina.

Chor. (Cajetan.)
Welch kühn verwegen-räuberische That!
—Verzeih, o Herr, die freie Tadelrede!
Doch Solches ist des weisern Alters Recht,
Wenn sich die rasche Jugend kühn vergißt.

Don Manuel.
Unfern vom Kloster der Barmherzigen,
In eines Gartens abgeschiedner Stille,
Der von der Neugier nicht betreten wird,
Trennt' ich mich eben jetzt von ihr, hieher
Zu der Versöhnung mit dem Bruder eilend.
In banger Furcht ließ ich sie dort allein
Zurück, die sich nichts weniger erwartet,
Als in dem Glanz der Fürstin eingeholt
Und auf erhabnem Fußgestell des Ruhms
Vor ganz Messina ausgestellt zu werden.
Denn anders nicht soll sie mich wiedersehn,

Als in der Größe Schmuck und Staat und festlich
Von eurem ritterlichen Chor umgeben.
Nicht will ich, daß Don Manuels Verlobte
Als eine Heimathlose, Flüchtige
Der Mutter nahen soll, die ich ihr gebe;
Als eine Fürstin fürstlich will ich sie
Einführen in die Hofburg meiner Väter.

Chor. (Cajetan.)
Gebiete, Herr! Wir harren deines Winks.

Don Manuel.
Ich habe mich aus ihrem Arm gerissen,
Doch nur mit ihr werd' ich beschäftigt sein.
Denn nach dem Bazar sollt ihr mich anjetzt
Begleiten, wo die Mohren zum Verkauf
Ausstellen, was das Morgenland erzeugt
An edelm Stoff und feinem Kunstgebild.
Erst wählet aus die zierlichen Sandalen,
Der zartgeformten Füße Schutz und Zier;
Dann zum Gewande wählt das Kunstgewebe
Des Indiers, hellglänzend, wie der Schnee
Des Ätna, der der Nächste ist dem Licht—
Und leicht umfließ' es, wie der Morgenduft,
Den zarten Bau der jugendlichen Glieder.
Von Purpur sei, mit zarten Fäden Goldes
Durchwirkt, der Gürtel, der die Tunica
Unter dem zücht'gen Busen reizend knüpft.
Dazu den Mantel wählt, von glänzender
Seide gewebt, in bleichem Purpur schimmernd,
Über der Achsel heft' ihn eine goldne
Cicade—Auch die Spangen nicht vergeßt,
Die schönen Arme reizend zu umzirken,
Auch nicht der Perlen und Korallen Schmuck,
Der Meeresgöttin wundersame Gaben,

Um die Locken winde sich ein Diadem,
Gefüget aus dem köstlichsten Gestein,
Worin der feurig glühende Rubin
Mit dem Smaragd die Farbenblitze kreuze.
Oben im Haarschmuck sei der lange Schleier
Gleich einem hellen Lichtgewölk, umfließe,
Und mit der Myrte jungfräulichem Kranze
Vollende krönend sich das schöne Ganze.

Chor. (Cajetan.)
Es soll geschehen, Herr, wie du gebietest,
Denn fertig und vollendet findet sich
Dies alles auf dem Bazar ausgestellt.

Don Manuel.
Den schönsten Zelter führet dann hervor
Aus meinen Ställen; seine Farbe sei
Lichtweiß, gleichwie des Sonnengottes Pferde,
Von Purpur sei die Decke, und Geschirr
Und Zügel reich besetzt mit edeln Steinen,
Denn tragen soll er meine Königin.
Ihr selber haltet euch bereit, im Glanz
Des Ritterstaates, unterm freud'gen Schall
Der Hörner, eure Fürstin heimzuführen.
Dies alles zu besorgen, geh' ich jetzt,
Zwei unter euch erwähl' ich zu Begleitern,
Ihr andern wartet mein—was ihr vernahmt,
Bewahrt's in eures Busens tiefem Grunde,
Bis ich das Band gelöst von eurem Munde.

(Er geht ab, von Zweien aus dem Chor begleitet.)

Achter Auftritt.

Chor. (Cajetan.)

Sage, was werden wir jetzt beginnen,
Da die Fürsten ruhen vom Streit,
Auszufüllen die Leere der Stunden
Und die lange unendliche Zeit?
Etwas fürchten und hoffen und sorgen
Muß der Mensch für den kommenden Morgen,
Daß er die Schwere des Daseins ertrage
Und das ermüdende Gleichmaß der Tage,
Und mit erfrischendem Windesweben
Kräuselnd bewege das stockende Leben.

Einer aus dem Chor. (Manfred.)

Schön ist der Friede! Ein lieblicher Knabe
Liegt er gelagert am ruhigen Bach,
Und die hüpfenden Lämmer grasen
Lustig um ihn auf dem sonnigten Rasen,
Süßes Tönen entlockt er der Flöte,
Und das Echo des Berges wird wach,
Oder im Schimmer der Abendröthe
Wiegt ihn in Schlummer der murmelnde Bach —
Aber der Krieg auch hat seine Ehre,
Der Beweger des Menschengeschicks;
Mir gefällt ein lebendiges Leben,
Mir ein ewiges Schwanken und Schwingen und Schweben
Auf der steigenden, fallenden Welle des Glücks.

Denn der Mensch verkümmert im Frieden,
Müßige Ruh' ist das Grab des Muths.
Das Gesetz ist der Freund des Schwachen,
Alles will es nur eben machen,
Möchte gerne die Welt verflachen;
Aber der Krieg läßt die Kraft erscheinen,
Alles erhebt er zum Ungemeinen,
Selber dem Feigen erzeugt er den Muth.

Ein Zweiter. (Berengar.)
  Stehen nicht Amors Tempel offen?
  Wallet nicht zu dem Schönen die Welt?
  Da ist das Fürchten! Da ist das Hoffen!
  König ist hier, wer den Augen gefällt!
  Auch die Liebe beweget das Leben,
  Daß sich die graulichten Farben erheben.
  Reizend betrügt sie die glücklichen Jahre,
  Die gefällige Tochter des Schaums;
  In das Gemeine und Traurigwahre
  Webt sie die Bilder des goldenen Traums.

Ein Dritter. (Cajetan.)
  Bleibe die Blume dem blühenden Lenze,
  Scheine das Schöne, und flechte sich Kränze,
  Wem die Locken noch jugendlich grünen;
  Aber dem männlichen Alter ziemt's,
  Einem ernsteren Gott zu dienen.

Erster. (Manfred.)
  Der strengen Diana, der Freundin der Jagden,
  Lasset uns folgen ins wilde Gehölz,
  Wo die Wälder am dunkelsten nachten,
  Und den Springbock stürzen vom Fels.
  Denn die Jagd ist ein Gleichniß der Schlachten,
  Des ernsten Kriegsgotts lustige Braut—
  Man ist auf mit dem Morgenstrahl,
  Wenn die schmetternden Hörner laden
  Lustig hinaus in das dampfende Thal,
  Über Berge, über Klüfte,
  Die ermatteten Glieder zu baden
  In den erfrischenden Strömen der Lüfte!

Zweiter. (Berengar.)
  Oder wollen wir uns der blauen
  Göttin, der ewig bewegten, vertrauen,

Die uns mit freundlicher Spiegelhelle
Ladet in ihren unendlichen Schooß?
Bauen wir auf der tanzenden Welle
Uns ein lustig schwimmendes Schloß?
Wer das grüne, krystallene Feld
Pflügt mit des Schiffes eilendem Kiele,
Der vermählt sich das Glück, dem gehört die Welt,
Ohne die Saat erblüht ihm die Ernte!
Denn das Meer ist der Raum der Hoffnung
Und der Zufälle launisch Reich:
Hier wird der Reiche schnell zum Armen,
Und der Ärmste dem Fürsten gleich.
Wie der Wind mit Gedankenschnelle
Läuft um die ganze Windesrose,
Wechseln hier des Geschickes Loose,
Dreht das Glück seine Kugel um,
Auf den Wellen ist Alles Welle,
Auf dem Meer ist kein Eigenthum.

Dritter. (Cajetan.)
Aber nicht bloß im Wellenreiche,
Auf der wogenden Meeresfluth,
Auch auf der Erde, so fest sie ruht
Auf den ewigen, alten Säulen,
Wanket das Glück und will nicht weilen.
—Sorge gibt mir dieser neue Frieden,
Und nicht fröhlich mag ich ihm vertrauen;
Auf der Lava, die der Berg geschieden,
Möcht' ich nimmer meine Hütte bauen.
Denn zu tief schon hat der Haß gefressen,
Und zu schwere Thaten sind geschehn,
Die sich nie vergeben und vergessen;
Noch hab' ich das Ende nicht gesehn.
Und mich schrecken ahnungsvolle Träume!
Nicht Wahrsagung reden soll mein Mund;

40

Aber sehr mißfällt mir dies Geheime,
Dieser Ehe segenloser Bund,
Diese lichtscheu krummen Liebespfade,
Dieses Klosterraubs verwegne That;
Denn das Gute liebt sich das Gerade,
Böse Früchte trägt die böse Saat.

(Berengar.)
Auch ein Raub war's, wie wir alle wissen,
Der des alten Fürsten ehliches Gemahl
In ein frevelnd Ehebett gerissen,
Denn sie war des Vaters Wahl.
Und der Ahnherr schüttete im Zorne
Grauenvoller Flüche schrecklichen Samen
Auf das sündige Ehebett aus.
Gräuelthaten ohne Namen,
Schwarze Verbrechen verbirgt dies Haus.

Chor. (Cajetan.)

Ja, es hat nicht gut begonnen,
Glaubt mir, und es endet nicht gut;
Denn gebüßt wird unter der Sonnen
Jede That der verblendeten Wuth.
Es ist kein Zufall und blindes Loos,
Daß die Brüder sich wüthend selbst zerstören;
Denn verflucht ward der Mutter Schooß,
Sie sollte den Haß und den Streit gebären.
—Aber ich will es schweigend verhüllen.
Denn die Rachgötter schaffen im Stillen;
Zeit ist's, die Unfälle zu beweinen,
Wenn sie nahen und wirklich erscheinen. (Der Chor geht
ab.)

Zweiter Aufzug.

Erster Auftritt.

Die Scene verwandelt sich in einen Garten, der die Aussicht
auf
das Meer eröffnet. Aus einem anstoßenden Gartensaale tritt
Beatrice, geht unruhig auf und nieder, nach allen Seiten
Umherspähend. Plötzlich steht sie still und horcht.

Es ist es nicht—Es war der Winde Spiel,
Die durch der Pinie Wipfel sausend streichen;
Schon neigt die Sonne sich zu ihrem Ziel,
Mit trägem Schritt seh' ich die Stunden schleichen,
Und mich ergreift ein schauderndes Gefühl,
Es schreckt mich selbst das wesenlose Schweigen.

Nichts zeigt sich mir, wie weit die Blicke tragen;
Er läßt mich hier in meiner Angst verzagen.

Und nahe hör' ich, wie ein rauschend Wehr,
Die Stadt, die völkerwimmelnde, ertosen;
Ich höre fern das ungeheure Meer
An seine Ufer dumpferbrandend stoßen.
Es stürmen alle Schrecken auf mich her,
Klein fühl' ich mich in diesem Furchtbargroßen,
Und fortgeschleudert, wie das Blatt vom Baume,
Verlier' ich mich im grenzenlosen Raume.

Warum verließ ich meine stille Zelle?
Da lebt' ich ohne Sehnsucht, ohne Harm!
Das Herz war ruhig, wie die Wiesenquelle,
An Wünschen leer, doch nicht an Freuden arm.
Ergriffen jetzt hat mich des Lebens Welle,
Mich faßt die Welt in ihren Riesenarm;
Zerrissen hab' ich alle frühern Bande,
Vertrauend eines Schwures leichtem Pfande.

Wo waren die Sinne?
Was hab' ich gethan?
Ergriff mich bethörend
Ein rasender Wahn?

Den Schleier zerriß ich
Jungfräulicher Zucht,
Die Pforten durchbrach ich der heiligen Zelle!
Umstrickte mich blendend ein Zauber der Hölle?
Dem Manne folgt' ich,
Dem kühnen Entführer, in sträflicher Flucht.

O, komm, mein Geliebter!
Wo bleibst du und säumest? Befreie, befreie
Die kämpfende Seele! Mich naget die Reue,

Es faßt mich der Schmerz;
Mit liebender Nähe versichre mein Herz.

Und sollt' ich mich dem Manne nicht ergeben,
Der in der Welt allein sich an mich schloß?
Denn ausgesetzt ward ich ins fremde Leben,
Und frühe schon hat ich ein strenges Loos
(Ich darf den dunkeln Schleier nicht erheben)
Gerissen von dem mütterlichen Schooß.
Nur einmal sah ich sie, die mich geboren,
Doch wie ein Traum ging mir das Bild verloren.

Und so erwuchs ich still am stillen Orte,
In Lebens Gluth den Schatten beigesellt,
—Da stand er plötzlich an des Klosters Pforte,
Schön, wie ein Gott, und männlich, wie ein Held.
O, mein Empfinden nennen keine Worte!
Fremd kam er mir aus einer fremden Welt,
Und schnell, als wär' es ewig so gewesen,
Schloß sich der Bund, den keine Menschen lösen.

Vergib, du Herrliche, die mich geboren,
Daß ich, vorgreifend den verhängten Stunden,
Mir eigenmächtig mein Geschick erkoren.
Nicht frei erwählt' ich's, es hat mich gefunden;
Ein dringt der Gott auch zu verschloßnen Thoren,
Zu Perseus' Thurm hat er den Weg gefunden,
Dem Dämon ist sein Opfer unverloren.
Wär' es an öde Klippen angebunden
Und an des Atlas himmeltragende Säulen,
So wird ein Flügelroß es dort ereilen.

Nicht hinter mich begehr' ich mehr zu schauen,
In keine Heimath sehn' ich mich zurück;
Der Liebe will ich liebend mich vertrauen,
Gibt es ein schönres als der Liebe Glück?

Mit meinem Loos will ich mich gern bescheiden,
Ich kenne nicht des Lebens andre Freuden.

Nicht kenn' ich sie und will sie nimmer kennen,
Die sich die Stifter meiner Tage nennen,
Wenn sie von dir mich, mein Geliebter, trennen.
Ein ewig Räthsel bleiben will ich mir;
Ich weiß genug, ich lebe dir! (Aufmerkend.)
Horch, der lieben Stimme Schall!
—Nein, es war der Wiederhall
Und des Meeres dumpfes Brausen,
Das sich an den Ufern bricht,
Der Geliebte ist es nicht!
Weh mir! Weh mir! Wo er weilet?
Mich umschlingt ein kaltes Grausen!
Immer tiefer
Singt die Sonne! Immer öder
Wird die Öde! Immer schwerer
Wird das Herz—Wo zögert er? (Sie geht unruhig umher.)

Aus des Gartens sichern Mauern
Wag' ich meinen Schritt nicht mehr.
Kalt ergriff mich das Entsetzen,
Als ich in die nahe Kirche
Wagte meinen Fuß zu setzen;
Denn mich trieb's mit mächt'gem Drang
Aus der Seele tiefsten Tiefen,
Als sie zu der Hora riefen,
Hinzuknien an heil'ger Stätte,
Zu der Göttlichen zu flehn,
Nimmer konnt' ich widerstehn.
Wenn ein Lauscher mich erspähte?
Voll von Feinden ist die Welt,
Arglist hat auf allen Pfaden,
Fromme Unschuld zu verrathen,

Ihr betrüglich Netz gestellt.
Grauend hab' ich's schon erfahren,
Als ich aus des Klosters Hut
In die fremden Menschenschaaren
Mich gewagt mit frevelm Muth.
Dort, bei jenes Festes Feier,
Da der Fürst begraben ward,
Mein Erkühnen büßt' ich theuer,
Nur ein Gott hat mich bewahrt—
Da der Jüngling mir, der fremde,
Nahte, mit dem Flammenauge,
Und mit Blicken, die mich schreckten,
Mir das Innerste durchzuckten,
In das tiefste Herz mir schaute—
Noch durchschauert kaltes Grauen,
Da ich's denke, mir die Brust!
Nimmer, nimmer kann ich schauen
In die Augen des Geliebten,
Dieser stillen Schuld bewußt! (Aufhorchend.)
Stimmen im Garten!
Er ist's, der Geliebte!
Er selber! Jetzt täuschte
Kein Blendwerk mein Ohr.
Es naht, es vermehrt sich!
In seine Arme!
An seine Brust!

(Sie eilt mit ausgebreiteten Armen nach der Tiefe des
Gartens.
Don Cesar tritt ihr entgegen.)

Zweiter Auftritt.

Don Cesar. Beatrice. Der Chor.

Beatrice (mit Schrecken zurückfliehend.)
  Weh mir! Was seh' ich!

(In demselben Augenblick tritt auch der Chor ein.)

Don Cesar.
                    Holde Schönheit, fürchte nichts!
(Zu dem Chor.)
  Der rauhe Anblick eurer Waffen schreckt
  Die zarte Jungfrau—Weicht zurück und bleibt
  In ehrerbiet'ger Ferne!
(Zu Beatricen.)
                    Fürchte nichts!
  Die holde Scham, die Schönheit ist mir heilig.

(Der Chor hat sich zurückgezogen. Er tritt ihr näher und
ergreift ihre Hand.)

  Wo warst du? Welches Gottes Macht entrückte,
  Verbarg dich diese lange Zeit? Dich hab' ich
  Gesucht, nach dir geforschet; wachend, träumend
  Warst du des Herzens einziges Gefühl,
  Seit ich bei jenem Leichenfest des Fürsten,
  Wie eines Engels Lichterscheinung, dich
  Zum erstenmal erblickte—Nicht verborgen
  Blieb dir die Macht, mit der du mich bezwangst.
  Der Blicke Feuer und der Lippe Stammeln,
  Die Hand, die in der deinen zitternd lag,
  Verrieth sie dir—ein kühneres Geständniß
  Verbot des Ortes ernste Majestät.
  —Der Messe Hochamt rief mich zum Gebet,
  Und da ich von den Knieen jetzt erstanden,
  Die ersten Blicke schnell auf dich sich heften,
  Warst du aus meinen Augen weggerückt;

Doch nachgezogen mit allmächt'gen Zaubers Banden
Hast du mein Herz mit allen seinen Kräften.
Seit diesem Tage such' ich rastlos dich
An aller Kirchen und Paläste Pforten,
An allen offnen und verborgnen Orten,
Wo sich die schöne Unschuld zeigen kann,
Hab' ich das Netz der Späher ausgebreitet;
Doch meiner Mühe sah ich keine Frucht,
Bis endlich heut, von einem Gott geleitet,
Des Spähers glückbekrönte Wachsamkeit
In dieser nächsten Kirche sich entdeckte.

(Hier macht Beatrice, welche in dieser ganzen Zeit zitternd
und abgewandt gestanden, eine Bewegung des Schreckens.)

Ich habe dich wieder, und der Geist verlasse
Eher die Glieder, eh' ich von dir scheide!
Und daß ich fest sogleich den Zufall fasse
Und mich verwahre vor des Dämons Neide,
So red' ich dich vor diesen Zeugen allen
Als meine Gattin an und reiche dir
Zum Pfande deß die ritterliche Rechte. (Er stellt sie dem
Chor dar.)

Nicht forschen will ich, wer du bist—Ich will
Nur dich von dir, nichts frag' ich nach dem Andern
Daß deine Seele, wie dein Ursprung, rein,
Hat mir dein erster Blick verbürget und beschworen,
Und wärst du selbst die Niedrigste geboren,
Du müßtest dennoch meine Liebe sein,
Die Freiheit hab' ich und die Wahl verloren.

Und daß du wissen mögest, ob ich auch
Herr meiner Thaten sei und hoch genug
Gestellt auf dieser Welt, auch das Geliebte
Mit starkem Arm zu mir emporzuheben,

Bedarf's nur, meinen Namen dir zu nennen.
—Ich bin Don Cesar, und in dieser Stadt
Messina ist kein Größrer über mir.

(Beatrice schaudert zurück; er bemerkt es und fährt nach
einer kleinen Weile fort.)

Dein Staunen lob' ich und dein sittsam Schweigen,
Schamhafte Demuth ist der Reize Krone,
Denn ein Verborgenes ist sich das Schöne,
Und es erschrickt vor seiner eignen Macht.
—Ich geh' und überlasse dich dir selbst,
Daß sich dein Geist von seinem Schrecken löse,
Denn jedes Neue, auch das Glück, erschreckt. (Zu dem
Chor.)
Gebt ihr—sie ist's von diesem Augenblick—
Die Ehre meiner Braut und eurer Fürstin!
Belehret sie von ihres Standes Größe.
Bald kehr' ich selbst zurück, sie heimzuführen,
Wie's meiner würdig ist und ihr gebührt. (Er geht ab.)

Dritter Auftritt.

Beatrice und der Chor.

Chor. (Bohemund.)
  Heil dir, o Jungfrau,
  Liebliche Herrscherin!
  Dein ist die Krone,
  Dein ist der Sieg!

  Als die Erhalterin
  Dieses Geschlechtes,
  Künftiger Helden

Blühende Mutter begrüß' ich dich!

(Roger.)
Dreifaches Heil dir!
Mit glücklichen Zeichen,
Glückliche, trittst du
In ein götterbegünstigtes, glückliches Haus,
Wo die Kränze des Ruhmes hängen,
Und das goldene Scepter in stetiger Reihe
Wandert vom Ahnherrn zum Enkel hinab.

(Bohemund.)
Deines lieblichen Eintritts
Werden sich freuen
Die Penaten des Hauses,
Die hohen, die ernsten,
Verehrten Alten.
Au den Schwelle empfangen
Wird dich die immer blühende Hebe
Und die goldne Victoria,
Die geflügelte Göttin,
Die auf der Hand schwebt des ewigen Vaters,
Ewig die Schwingen zum Siege gespannt.

(Roger.)
Nimmer entweicht
Die Krone der Schönheit
Aus diesem Geschlechte;
Scheidend reicht
Eine Fürstin der andern
Den Gürtel der Anmuth
Und den Schleier der züchtigen Scham.
Aber das Schönste
Erlebt mein Auge,
Denn ich sehe die Blume der Tochter,
Ehe die Blume der Mutter verblüht.

Beatrice (aus ihrem Schrecken erwachend).
  Wehe mir! In welche Hand
  Hat das Unglück mich gegeben!
  Unter allen,
  Welche leben,
  Nicht in diese sollt' ich fallen!

  Jetzt versteh' ich das Entsetzen,
  Das geheimnißvolle Grauen,
  Das mich schaudernd stets gefaßt,
  Wenn man mir den Namen nannte
  Dieses furchtbaren Geschlechtes,
  Das sich selbst vertilgend haßt,
  Gegen seine eignen Glieder
  Wüthend mit Erbittrung rast!
  Schaudernd hört' ich oft und wieder
  Von dem Schlangenhaß der Brüder,
  Und jetzt reiße mein Schreckenschicksal
  Mich, die Arme, Rettungslose,
  In den Strudel dieses Hasses,
  Diese Unglücks mich hinein! (Sie flieht in den Gartensaal.)

Vierter Auftritt.

Chor. (Bohemund.)
  Den begünstigten Sohn der Götter beneid' ich,
  Den beglückten Besitzer der Macht!
  Immer das Köstlichste ist sein Antheil,
  Und von Allem, was hoch und herrlich
  Von den Sterblichen wird gepriesen,
  Bricht er die Blume sich ab.

(Roger.)
  Von den Perlen, welche der tauchender Fischer

Auffängt, wählt er die reinsten für sich.
Für den Herrscher legt man zurück das Beste,
Was gewonnen ward mit gemeinsamer Arbeit,
Wenn sich die Diener durchs Loos vergleichen,
Ihm ist das Schönste gewiß.

(Bohemund.)
Aber eines doch ist sein köstlichstes Kleinod,
Jeder andre Vorzug sei ihm gegönnt,
Dieses beneid' ich ihm unter allem,
Daß er heimführt die Blume der Frauen,
Die das Entzücken ist aller Augen,
Daß er sie eigen besitzt.

(Roger.)
Mit dem Schwerte springt der Corsar an die Küste
In dem nächtlich ergreifenden Überfall;
Männer führt er davon und Frauen
Und ersättigt die wilde Begierde.
Nur die schönste Gestalt darf er nicht berühren,
Die ist des Königes Gut.

(Bohemund.)
Aber jetzt folgt mir, zu bewachen den Eingang
Und die Schwelle des heiligen Raums,
Daß kein Ungeweihter in dieses Geheimniß
Dringe und der Herrscher uns lobe,
Der das Köstlichste, was er besitzet,
Unsrer Bewahrung vertraut.
(Der Chor entfernt sich nach dem Hintergrunde.)

Die Scene verwandelt sich in ein Zimmer im Innern des
Palastes.

Fünfter Auftritt.

Donna Isabella steht zwischen Don Manuel und Don Cesar.

Isabella.

Nun endlich ist mir der erwünschte Tag,
Der langersehnte, festliche, erschienen —
Vereint seh' ich die Herzen meiner Kinder,
Wie ich die Hände leicht zusammenfüge,
Und im vertrauten Kreis zum erstenmal
Kann sich das Herz der Mutter freudig öffnen.
Fern ist der fremden Zeugen rohe Schaar,
Die zwischen uns sich kampfgerüstet stellte —
Der Waffen Klang erschreckt mein Ohr nicht mehr,
Und wie der Eulen nachtgewohnte Brut
Von der zerstörten Brandstatt, wo sie lang
Mit altverjährtem Eigenthum genistet,
Auffliegt in düsterm Schwarm, den Tag verdunkelnd,
Wenn sich die lang vertriebenen Bewohner
Heimkehrend nahen mit der Freude Schall,
Den neuen Bau lebendig zu beginnen:
So flieht der alte Haß mit seinem nächtlichen
Gefolge, dem hohläugigten Verdacht,
Der schellen Mißgunst und dem bleichen Neide,
Aus diesen Thoren murrend zu der Hölle,
Und mit dem Frieden zieht geselliges
Vertraun und holde Eintracht lächelnd ein. (Sie hält inne.)
—Doch nicht genug, daß dieser heut'ge Tag
Jedem von beiden einen Bruder schenkt,
Auch eine Schwester hat er euch geboren.
—Ihr staunt? Ihr seht mich mir Verwundrung an?
Ja, meine Söhne! Es ist Zeit, daß ich
Das Siegel breche und das Siegel löse
Von einem lang verschlossenen Geheimniß.
—Auch eine Tochter hat' ich Eurem Vater

Geboren — eine jüngre Schwester lebt
Euch noch — Ihr sollt noch heute sie umarmen.

Don Cesar.
  Was sagst du, Mutter? Eine Schwester lebt uns,
  Und nie vernahmen wir von dieser Schwester!

Don Manuel.
  Wohl hörten wir in früher Kinderzeit,
  Daß eine Schwester uns geboren worden;
  Doch in der Wiege schon, so ging die Sage,
  Nahm sie der Tod hinweg.

Isabella. Die Sage lügt!
  Sie lebt!

Don Cesar.
  Sie lebt, und du verschwiegest uns?

Isabella.
  Von meinem Schweigen geb' ich Rechenschaft.
  Hört, was gesäet ward in frührer Zeit
  Und jetzt zur frohen Ernte reifen soll.
  — Ihr wart noch zarte Knaben, aber schon
  Entzweite euch der jammervolle Zwist,
  Der ewig nie mehr wiederkehren möge,
  Und häufte Gram auf eurer Eltern Herz.
  Da wurde eurem Vater eines Tages
  Ein seltsam wunderbarer Traum. Ihm däuchte,
  Er säh' aus seinem hochzeitlichen Bette
  Zwei Lorbeerbäume wachsen, ihr Gezweig
  Dicht in einander flechtend — zwischen beiden
  Wuchs eine Lilie empor — Sie ward
  Zur Flamme, die, der Bäume dicht Gezweig
  Und das Gebälk ergreifend, prasseln aufschlug
  Und, um sich wüthend, schnell das ganze Haus

In ungeheurer Feuerfluth verschlang.

Erschreckt von diesem seltsamen Gesichte,
Befragt' der Vater einen sternekundigen
Arabier, der sein Orakel war,
An dem sein Herz mehr hing, als mir gefiel,
Um die Bedeutung. Der Arabier
Erklärte: wenn mein Schooß von einer Tochter
Entbunden würde, tödten würde sie ihm
Die beiden Söhne und sein ganzer Stamm
Durch sie vergehn — Und ich ward Mutter einer Tochter;
Der Vater aber gab den grausamen
Befehl, die neugeborene alsbald
Ins Meer zu werfen. Ich vereitelte
Den blut'gen Vorsatz und erhielt die Tochter
Durch eines treuen Knechts verschwiegnen Dienst.

Don Cesar.
Gesegnet sei er, der dir hilfreich war!
O, nicht an Rath gebricht's der Mutterliebe!

Isabella.
Der Mutterliebe mächt'ge Stimme nicht
Allein trieb mich, das Kindlein zu verschonen.
Auch mir ward eines Traumes seltsames
Orakel, als mein Schooß mit dieser Tochter
Gesegnet war: Ein Kind, wie Liebesgötter schön,
Sah ich im Grase spielen, und ein Löwe
Kam aus dem Wald, der in dem blut'gen Rachen
Die frisch gejagte Beute trug, und ließ
Sie schmeichelnd in den Schooß des Kindes fallen.
Und aus den Lüften schwang ein Adler sich
Herab, ein zitternd Reh in seinen Fängen,
Und legt es schmeichelnd in den Schooß des Kindes,
Und beide, Löw' und Adler, legen, fromm
Gepaart, sich zu des Kindes Füßen nieder.

—Des Traums Verständniß löste mir ein Mönch,
Ein gottgeliebter Mann, bei dem das Herz
Rath fand und Trost in jeder ird'schen Noth.
Der sprach: "Genesen würd' ich einer Tochter,
"Die mir der Söhne streitende Gemüther
"In heißer Liebesgluth vereinen würde."
—Im Innersten bewahrt' ich mir dies Wort;
Dem Gott der Wahrheit mehr als dem der Lüge
Vertrauend, rettet' ich die Gott verheißne,
Des Segens Tochter, meiner Hoffnung Pfand,
Die mir des Friedens Werkzeug sollte sein,
Als euer Haß sich wachsend stets vermehrte.

Don Manuel (seinen Bruder umarmend).
  Nicht mehr der Schwester braucht's, der Liebe Band
  Zu flechten, aber fester soll sie's knüpfen.

Isabella.
  So ließ ich an verborgner Stelle sie,
  Von meinen Augen fern, geheimnißvoll
  Durch fremde Hand erziehn—der Anblick selbst
  Des lieben Angesichts, den heißerflehten,
  Versagt' ich mir, den strengen Vater scheuend,
  Der, von des Argwohns ruheloser Pein
  Und finster grübelndem Verdacht genagt,
  Auf allen Schritten mir die Späher pflanzte.

Don Cesar.
  Drei Monde aber deckt den Vater schon
  Das stille Grab—Was wehrte dir, o Mutter,
  Die lang Verborgne an das Licht hervor
  Zu ziehn und unsre Herzen zu erfreuen?

Isabella.
  Was sonst, als euer unglücksel'ger Streit,
  Der, unauslöschlich wüthend, auf dem Grab

Des kaum entseelten Vaters sich entflammte,
Nicht Raum noch Stätte der Versöhnung gab?
Konnt' ich die Schwester zwischen eure wild
Entblößten Schwerter stellen? Konntet ihr
In diesem Sturm die Mutterstimme hören?
Und sollt' ich sie, des Friedens theures Pfand,
Den letzten heil'gen Anker meiner Hoffnung,
An eures Hasses Wuth unzeitig wagen?
—Erst mußtet ihr's ertragen, euch als Brüder
Zu sehn, eh' ich die Schwester zwischen euch
Als einen Friedensengel stellen konnte.
Jetzt kann ich's, und ich führe sie euch zu.
Den alten Diener hab' ich ausgesendet,
Und stündlich harr' ich seiner Wiederkehr,
Der, ihrer stillen Zuflucht sie entreißend,
Zurück an meine mütterliche Brust
Sie führt und in die brüderlichen Arme.

Don Manuel.
Und sie ist nicht die Einz'ge, die du heut
In deine Mutterarme schließen wirst.
Es zieht die Freude ein durch alle Pforten,
Es füllt sich der verödete Palast
Und wird der Sitz der blühnden Anmuth werden.
—Vernimm, o Mutter, jetzt auch mein Geheimniß.
Eine Schwester gibst du mir—Ich will dafür
Dir eine zweite liebe Tochter schenken.
Ja, Mutter! Segne deinen Sohn!—Dies Herz,
Es hat gewählt; gefunden hab' ich sie,
Die mir durchs Leben soll Gefährtin sein.
Eh dieses Tages Sonne sinkt, führ' ich
Die Gattin dir Don Manuels zu Füßen.

Isabella.
An meine Brust will ich sie freudig schließen,

Die meinen Erstgebornen mir beglückt;
Auf ihren Pfaden soll die Freude sprießen,
Und jede Blume, die das Leben schmückt,
Und jedes Glück soll mir den Sohn belohnen,
Der mir die schönste reicht der Mutterkronen!

Don Cesar.
Verschwende, Mutter, deines Segens Fülle
Nicht an den einen erstgebornen Sohn!
Wenn Liebe Segen gibt, so bring' auch ich
Dir eine Tochter, solcher Mutter werth,
Die mich der Liebe neu Gefühl gelehrt.
Eh dieses Tages Sonne sinkt, führt auch
Don Cesar seine Gattin dir entgegen.

Don Manuel.
Allmächt'ge Liebe! Göttliche! Wohl nennt
Man dich mit Recht die Königin der Seelen!
Dir unterwirft sich jedes Element,
Du kannst das Feindlichstreitende vermählen;
Nichts lebt, was deine Hoheit nicht erkennt,
Und auch des Bruders wilden Sinn hast du
Besiegt, der unbezwungen stets geblieben. (Don Cesar
umarmend.)
Jetzt glaub' ich an dein Herz und schließe dich
Mit Hoffnung an die brüderliche Brust;
Nicht zweifl' ich mehr an dir, denn du kannst lieben.

Isabella.
Dreimal gesegnet sei mir dieser Tag,
Der mir auf einmal jede bange Sorge
Vom schwer beladnen Busen hebt—Gegründet
Auf festen Säulen seh' ich mein Geschlecht,
Und in der Zeiten Unermeßlichkeit
Kann ich hinabsehn mit zufriednem Geist.
Noch gestern sah ich mich im Wittwenschleier,

Gleich einer Abgeschiednen, kinderlos,
In diesen öden Sälen ganz allein,
Und heute werden in der Jugend Glanz
Drei blühnde Töchter mir zur Seite stehen.
Die Mutter zeige sich, die glückliche,
Von allen Weibern, die geboren haben,
Die sich mit mir an Herrlichkeit vergleicht!
—Doch welcher Fürsten königliche Töchter
Erblühen denn an dieses Landes Grenzen,
Davon ich Kunde nie vernahm?—denn nicht
Unwürdig wählen konnten meine Söhne!

Don Manuel.
Nur heute, Mutter, fordre nicht, den Schleier
Hinwegzuheben, der mein Glück bedeckt.
Es kommt der Tag, der Alles lösen wird,
Am besten mag die Braut sich selbst verkünden,
Deß sei gewiß, du wirst sie würdig finden.

Isabella.
Des Vaters eignen Sinn und Geist erkenn' ich
In meinem erstgebornen Sohn! Der liebte
Von jeher, sich verborgen in sich selbst
Zu spinnen und den Rathschluß zu bewahren
Um unzugangbar fest verschlossenen Gemüth!
Gern mag ich dir die kurze Frist vergönnen;
Doch mein Sohn Cesar, deß bin ich gewiß,
Wird jetzt mir eine Königstochter nennen.

Don Cesar.
Nicht meine Weise ist's, geheimnißvoll
Mich zu verhüllen, Mutter. Frei und offen,
Wie meine Stirne, trag' ich mein Gemüth;
Doch, was du jetzt von mir begehrst zu wissen,
Das, Mutter—laß mich's redlich dir gestehn,
Hab' ich mich selbst noch nicht gefragt. Fragt man,

Woher der Sonne Himmelsfeuer flamme?
Die alle Welt verklärt, erklärt sich selbst,
Ihr Licht bezeugt, daß sie vom Lichte stamme.
Ins klare Auge sah ich meiner Braut,
Ins Herz des Herzens hab' ich ihr geschaut,
Am reinen Glanz will ich die Perle kennen;
Doch ihren Namen kann ich dir nicht nennen.

Isabella.
  Wie, mein Sohn Cesar? Kläre mir das auf.
  Zu gern dem ersten mächtigen Gefühl
  Vertrautest du, wie einer Götterstimme.
  Auf rascher Jugendthat erwart' ich dich,
  Doch nicht auf thöricht kindischer—Laß hören,
  Was deine Wahl gelenkt.

Don Cesar.
                  Wahl, meine Mutter?
Ist's Wahl, wenn des Gestirnes Macht den Menschen
Ereilt in der verhängnißvollen Stunde?
Nicht, eine Braut zu suchen, ging ich aus,
Nicht wahrlich solches Eitle konnte mir
Zu Sinne kommen in dem Haus des Todes,
Denn dorten fand ich, die ich nicht gesucht.
Gleichgültig war und nichts bedeutend mir
Der Frauen leer geschwätziges Geschlecht,
Denn eine zweite sah ich nicht, wie dich,
Die ich gleich wie ein Götterbild verehre.
Es war des Vaters ernste Todtenfeier;
Im Volksgedräng verborgen, wohnten wir
Ihr bei, du weißt's, in unbekannter Kleidung;
So hattest du's mit Weisheit angeordnet,
Daß unsers Haders wild ausbrechende
Gewalt des Festes Würde nicht verletze.
—Mit schwarzem Flor behangen war das Schiff

Der Kirche, zwanzig Genien umstanden,
Mit Fackeln in den Händen, den Altar,
Vor dem der Todtensarg erhaben ruhte,
Mit weißbekreuztem Grabestuch bedeckt.
Und auf dem Grabtuch sahe man den Stab
Der Herrschaft liegen und die Fürstenkrone,
Den ritterlichen Schmuck der goldnen Sporen,
Das Schwert mit diamantenem Gehäng.
—Und Alles lag in stiller Andacht knieend,
Als ungesehen jetzt vom hohen Chor
Herab die Orgel anfing sich zu regen,
Und hundertstimmig der Gesang begann—
Und als der Chor noch fortklung, stieg der Sarg
Mit sammt dem Boden, der ihn trug, allmählich
Versinkend in die Unterwelt hinab,
Das Grabtuch aber überschleierte,
Weit ausgebreitet, die verborgne Mündung,
Und auf der Erde blieb der ird'sche Schmuck
Zurück, dem Niederfahrenden nicht folgend—
Doch auf den Seraphsflügeln des Gesangs
Schwang die befreite Seele sich nach oben,
Den Himmel suchend und den Schooß der Gnade.
—Dies alles, Mutter, ruf' ich dir, genau
Beschreibend, ins Gedächtniß jetzt zurück,
Daß du erkennest, ob zu jener Stunde
Ein weltlich Wünschen mir im Herzen war.
Und diesen festlich ernsten Augenblick
Erwählte sich der Lenker meines Lebens,
Mich zu berühren mit der Liebe Strahl.
Wie es geschah, frag' ich mich selbst vergebens.

Isabella.
Vollende dennoch! Laß mich Alles hören!

Don Cesar.

Woher sie kam, und wie sie sich zu mir
Gefunden, dieses frage nicht—Als ich
Die Augen wandte, stand sie mir zur Seite,
Und dunkel mächtig, wunderbar ergriff
Im tiefsten Innersten mich ihre Nähe.
Nicht ihres Wesens schöner Außenschein,
Nicht ihres Lächelns holder Zauber war's,
Die Reize nicht, die auf der Wange schweben,
Selbst nicht der Glanz der göttlichen Gestalt—
Es war ihr tiefste und geheimstes Leben,
Was mich ergriff mit heiliger Gewalt,
Wie Zaubers Kräfte unbegreiflich weben—
Die Seelen schienen ohne Worteslaut
Sich ohne Mittel geistig zu berühren,
Als sich mein Athem mischte mit dem ihren;
Fremd war sie mir und innig doch vertraut,
Und klar auf einmal fühlt' ich's in mir werden,
Die ist es oder Keine sonst auf Erden!

Don Manuel (mit Feuer einfallend).
  Das ist der Liebe heil'ger Götterstrahl,
  Der in die Seele schlägt und trifft und zündet,
  Wenn sich Verwandtes zum Verwandten findet,
  Da ist kein Widerstand und keine Wahl,
  Es löst der Mensch nicht, was der Himmel bindet.
  —Dem Bruder fall' ich bei, ich muß ihn loben,
  Mein eigen Schicksal ist's, was er erzählt,
  Den Schleier hat er glücklich aufgehoben
  Von dem Gefühl, das dunkel mich beseelt.

Isabella.
  Den eignen freien Weg, ich seh' es wohl,
  Will das Verhängniß gehn mit meinen Kindern.
  Vom Berge stürzt der ungeheure Strom,
  Wühlt sich sein Bette selbst und bricht sich Bahn,

Nicht des gemeßnen Pfades achtet er,
Den ihm die Klugheit vorbedächtig baut.
So unterwerf' ich mich—wie kann ich's ändern?—
Der unregiersam stärkern Götterhand,
Die meines Hauses Schicksal dunkel spinnt.
Der Söhne Herz ist meiner Hoffnung Pfand,
Sie denken groß, wie sie geboren sind.

Sechster Auftritt.

Donna Isabella. Don Manuel. Don Cesar. Diego zeigt sich
an der Thüre.

Isabella.
  Doch, sieh, da kommt mein treuer Knecht zurück!
  Nur näher, näher, redlicher Diego!
  Wo ist mein Kind?—Sie wissen Alles! Hier
  Ist kein Geheimniß mehr—Wo ist sie? Sprich!
  Verbirg sie länger nicht! Wir sind gefaßt,
  Die höchste Freude zu ertragen. Komm!

(Sie will mit ihm nach der Thüre gehen.)

  Was ist das? Wie? Du zögerst? Du verstummst?
  Das ist kein Blick, der Gutes mir verkündet!
  Was ist dir? Sprich! Ein Schauder faßt mich an.
  Wo ist sie? Wo ist Beatrice?
(Will hinaus.)

Don Manuel. (für sich betroffen).
                    Beatrice!

Diego. (hält sie zurück).
                    Bleib!

Isabella.

Wo ist sie? Mich entseelt die Angst.

Diego.

Sie folgt
Mir nicht. Ich bringe dir die Tochter nicht.

Isabella.

Was ist geschehn? Bei allen Heil'gen, rede!

Don Cesar.

Wo ist die Schwester? Unglücksel'ger, rede!

Diego.

Sie ist geraubt! Gestohlen von Corsaren!
O, hätt' ich nimmer diesen Tag gesehn!

Don Manuel.

Faß dich, o Mutter!

Don Cesar.

Mutter, sei gefaßt!
Bezwinge dich, bis du ihn ganz vernommen!

Diego.

Ich machte schnell mich auf, wie du befohlen,
Die oft betretne Straße nach dem Kloster
Zum letztenmal zu gehn—Die Freude trug mich
Auf leichten Flügeln fort.

Don Cesar.

Zur Sache!

Don Manuel.

Rede!

Diego.

Und da ich in die wohlbekannten Höfe

Des Klosters trete, die ich oft betrat,
Nach deiner Tochter ungeduldig frage,
Seh' ich des Schreckens Bild in jedem Auge,
Entsetzt vernehm' ich das Entsetzliche.

(Isabella sinkt bleich und zitternd auf einen Sessel, Don
Manuel ist um sie beschäftigt.)

Don Cesar.
   Und Mauren, sagst du, raubten sie hinweg?
   Sah man die Mauren? Wer bezeugte dies?

Diego.
   Ein maurisch Räuberschiff gewahrte man
   In einer Bucht, unfern dem Kloster ankernd.

Don Cesar.
   Manch Segel rettet sich in diese Buchten
   Vor des Orkanes Wuth—Wo ist das Schiff?

Diego.
   Heut frühe sah man es in hoher See
   Mit voller Segel Kraft das Weite suchen.

Don Cesar.
   Hört man von anderm Raub noch, der geschehn?
   Dem Mauren gnügt einfache Beute nicht.

Diego.
   Hinweg getrieben wurde mit Gewalt
   Die Rinderheerde, die dort weidete.

Don Cesar.
   Wie konnten Räuber aus des Klosters Mitte
   Die Wohlverschloßne heimlich raubend stehlen?

Diego.

Des Klostergartens Mauern waren leicht
Auf hoher Leiter Sprossen überstiegen.

Don Cesar.
  Wie brachen sie ins Innerste der Zellen?
  Denn fromme Nonnen hält der strenge Zwang.

Diego.
  Die noch durch kein Gelübde sich gebunden,
  Sie durfte frei im Freien sich ergehen.

Don Cesar.
  Und pflegte sie des freien Rechtes oft
  Sich zu bedienen? Dieses sage mir.

Diego.
  Oft sah man sie des Gartens Stille suchen;
  Der Wiederkehr vergaß sie heute nur.

Don Cesar (nachdem er sich eine Weile bedacht).
  Raub, sagst du? War sie frei genug dem Räuber,
  So konnte sie in Freiheit auch entfliehen.

Isabella (steht auf).
  Es ist Gewalt! Es ist verwegner Raub!
  Nicht pflichtvergessen konnte meine Tochter
  Aus freier Neigung dem Entführer folgen!
  —Don Manuel! Don Cesar! Eine Schwester
  Dacht' ich euch zuzuführen; doch ich selbst
  Soll jetzt sie eurem Heldenarm verdanken.
  In eurer Kraft erhebt euch, meine Söhne!
  Nicht ruhig duldet es, daß eure Schwester
  Des frechen Diebes Beute sei—Ergreift
  Die Waffen! Rüstet Schiffe aus! Durchforscht
  Die ganze Küste! Durch alle Meere setzt
  Dem Räuber nach! Erobert euch die Schwester!

Don Cesar.

Leb wohl! Zur Rache flieg' ich, zur Entdeckung!

(Er geht ab. Don Manuel aus einer tiefen Zerstreuung erwachend, wendet sich beunruhigt zu Diego.)

Don Manuel.

Wann, sagst du, sei sie unsichtbar geworden?

Diego.

Seit diesem Morgen erst ward sie vermißt.

Don Manuel. (zu Donna Isabella).

Und Beatrice nennt sich deine Tochter?

Isabella.

Dies ist ihr Name! Eile! Frage nicht!

Don Manuel.

Nur Eines noch, o Mutter, laß mich wissen —

Isabella.

Fliege zur That! Des Bruders Beispiel folge!

Don Manuel.

In welcher Gegend, ich beschwöre dich —

Isabella (ihn forttreibend).

Sieh meine Thränen, meine Todesangst

Don Manuel.

In welcher Gegend hieltst du sie verborgen?

Isabella.

Verborgner nicht war sie im Schooß der Erde!

Diego.

O, jetzt ergreift mich plötzlich bange Furcht.

Don Manuel.
Furcht, und worüber? Sage, was du weißt.

Diego.
Daß ich des Raubs unschuldig Ursach sei.

Isabella.
Unglücklicher, entdecke, was geschehn!

Diego.
Ich habe dir's verhehlt, Gebieterin,
Dein Mutterherz mit Sorgen zu verschonen.
Am Tage, als der Fürst beerdigt ward,
Und alle Welt, begierig nach dem Neuen,
Der ernsten Feier sich entgegendrängte,
Lag deine Tochter—denn die Kunde war
Auch in des Klosters Mauern eingedrungen—
Lag sie mir an mit unabläß'gem Flehn,
Ihr dieses Festes Anblick zu gewähren.
Ich Unglückseliger ließ mich bewegen,
Verhüllte sie in ernste Trauertracht,
Und also war sie Zeugin jenes Festes.
Und dort, befürcht' ich, in des Volks Gewühl,
Das sich herbeigedrängt von allen Enden,
Ward sie vom Aug des Räubers ausgespäht,
Denn ihrer Schönheit Glanz birgt keine Hülle.

Don Manuel (vor sich, erleichtert).
Glücksel'ges Wort, das mir das Herz befreit!
Das gleicht ihr nicht! Dies Zeichen triff nicht zu.

Isabella.
Wahnsinn'ger Alter! So verriethst du mich!

Diego.
Gebieterin! Ich dacht' es gut zu machen.

Die Stimme der Natur, die Macht des Bluts
Glaubt' ich in diesem Wunsche zu erkennen;
Ich hielt es für des Himmels eignes Werk,
Der mit verborgen ahnungsvollem Zuge
Die Tochter hintrieb zu des Vaters Grab!
Der frommen Pflicht wollt' ich ihr Recht erzeigen,
Und so, aus guter Meinung, schafft' ich Böses!

Don Manuel (vor sich).
  Was steh' ich hier in Furcht und Zweifelsqualen?
  Schnell will ich Licht mir schaffen und Gewißheit. (Will
gehen.)

Don Cesar (der zurückkommt).
  Verzieh, Don Manuel; gleich folg' ich dir.

Don Manuel.
  Folge mir nicht! Hinweg! Mir folge Niemand! (Er geht ab.)

Don Cesar (sieht ihm verwundert nach).
  Was ist dem Bruder? Mutter, sage mir's.

Isabella.
  Ich kenn' ihn nicht mehr. Ganz verkenn' ich ihn.

Don Cesar.
  Du siehst mich wiederkehren, meine Mutter;
  Denn in des Eifers heftiger Begier
  Vergaß ich, um ein Zeichen dich zu fragen,
  Woran man die verlorne Schwester kennt.
  Wie find' ich ihre Spuren, eh' ich weiß,
  Aus welchem Ort die Räuber sie gerissen?
  Das Kloster nenne mir, das sie verbarg.

Isabella.
  Der heiligen Cecilia ist's gewidmet,
  Und hinterm Waldgebirge, das zum Ätna

Sich langsam steigend hebt, liegt es versteckt;
Wie ein verschwiegner Aufenthalt der Seelen.

Don Cesar.
Sei guten Muths! Vertraue deinen Söhnen!
Die Schwester bring' ich dir zurück, müßt' ich
Durch alle Länder sie und Meere suchen.
Doch eines, Mutter, ist es, was mich kümmert:
Die Braut verließ ich unter fremdem Schutz.
Nur dir kann ich das theure Pfand vertrauen,
Ich sende sie dir her, du wirst sie schauen;
An ihrer Brust, an ihrem lieben Herzen
Wirst du des Grams vergessen und der Schmerzen. (Er
geht ab.)

Isabella.
Wann endlich wird der Fluch sich lösen,
Der über diesem Hause lastend ruht?
Mit meiner Hoffnung spielt ein tückisch Wesen,
Und nimmer stillt sich seines Neides Wuth.
So nahe glaubt ich mich dem sichern Hafen,
So fest vertraut' ich auf des Glückes Pfand,
Und alle Stürme glaubt' ich eingeschlafen,
Und freudig winkend sah ich schon das Land
Im Abendglanz der Sonne sich erhellen;
Da kommt ein Sturm, aus heitrer Luft gesandt,
Und reißt mich wieder in den Kampf der Wellen!

(Sie geht nach dem innern Hause, wohin ihr Diego folgt.)

Dritter Aufzug.

Die Scene verwandelt sich in den Garten.

Erster Auftritt.

Beide Chöre. Zuletzt Beatrice. (Der Chor des Don Manuel kommt in festlichem Aufzug, mit Kränzen geschmückt und die oben beschriebnen Brautgeschenke begleitend; der Chor de Don Cesar will ihm den Eintritt verwehren.)

Erster Chor. (Cajetan.)
 Du würdest wohl thun, diesen Platz zu leeren.

Zweiter Chor. (Bohemund.)
 Ich will's, wenn beßre Männer es begehren.

Erster Chor. (Cajetan.)
 Du könntest merken, daß du lästig bist.

Zweiter Chor. (Bohemund.)
 Deßwegen bleib' ich, weil es dich verdrießt.

Erster Chor. (Cajetan.)
 Hier ist mein Platz. Wer darf zurück mich halten?

Zweiter Chor. (Bohemund.)
 Ich darf es thun, ich habe hier zu walten.

Erster Chor. (Cajetan.)
 Mein Herrscher sendet mich, Don Manuel!

Zweiter Chor. (Bohemund.)
 Ich stehe hier auf meines Herrn Befehl.

Erster Chor. (Cajetan.)
 Dem ältern Bruder muß der jüngre weichen.

Zweiter Chor. (Bohemund.)
 Dem Erstbesitzenden gehört die Welt.

Erster Chor. (Cajetan.)
Verhaßter, geh und räume mir das Feld.

Zweiter Chor. (Bohemund.)
Nicht, bis sich unsre Schwerter erst vergleichen.

Erster Chor. (Cajetan.)
Find' ich dich überall in meinen Wegen?

Zweiter Chor. (Bohemund.)
Wo mir's gefällt, da tret' ich dir entgegen.

Erster Chor. (Cajetan.)
Was hast du hier zu horchen und zu hüten?

Zweiter Chor. (Bohemund.)
Was hast du hier zu fragen, zu verbieten?

Erster Chor. (Cajetan.)
Dir steh' ich nicht zur Red und Antwort hier.

Zweiter Chor. (Bohemund.)
Und nicht des Wortes Ehre gönn' ich dir.

Erster Chor. (Cajetan.)
Ehrfurcht gebührt, o Jüngling, meinen Jahren.

Zweiter Chor. (Bohemund.)
In Tapferkeit bin ich, wie du, erfahren!

Beatrice (stürzt heraus).
Weh mir! Was wollen diese wilden Schaaren?

Erster Chor. (Cajetan.) zum zweiten
Nichts acht' ich dich und deine stolze Miene!

Zweiter Chor. (Bohemund.)
Ein beßrer ist der Herrscher, dem ich diene.

Beatrice.

O, weh mir, weh mir, wenn er jetzt erschiene!

Erster Chor. (Cajetan.)

Du lügst! Don Manuel besiegt ihn weit!

Zweiter Chor. (Bohemund.)

Den Preis gewinnt mein Herr in jedem Streit.

Beatrice.

Jetzt wird er kommen, dies ist seine Zeit.

Erster Chor. (Cajetan.)

Wäre nicht Friede, Recht verschafft' ich mir!

Zweiter Chor. (Bohemund.)

Wär's nicht die Furcht, kein Friede wehrte dir.

Beatrice.

O, wär' er tausend Meilen weit von hier!

Erster Chor. (Cajetan.)

Das Gesetz fürcht' ich, nicht deiner Blicke Trutz.

Zweiter Chor. (Bohemund.)

Wohl thust du dran, es ist des Feigen Schutz.

Erster Chor. (Cajetan.)

Fang' an, ich folge!

Zweiter Chor. (Bohemund.)

Mein Schwert ist heraus!

Beatrice (in der heftigsten Beängstigung).

Sie werden handgemein, die Degen blitzen!
Ihr Himmelsmächte, haltet ihn zurück!
Werft euch in seinen Weg, ihr Hindernisse,
Eine Schlinge legt, ein Netz um seine Füße,

Daß er verfehle diesen Augenblick!
Ihr Engel alle, die ich flehend bat,
Ihn herzuführen, täuschet meine Bitte,
Weit, weit von hier entfernet seine Schritte!

(Sie eilt hinein. Indem die Chöre einander anfallen, erscheint
Don Manuel.)

Zweiter Auftritt.

Don Manuel. Der Chor.

Don Manuel.
 Was seh' ich! Haltet ein!

Erster Chor (Cajetan, Berengar, Manfred) zum zweiten.
        Komm an! Komm an!

Zweiter Chor. (Bohemund, Roger, Hippolyt.)
 Nieder mit ihnen! Nieder!

Don Manuel (tritt zwischen sie, mit gezogenem Schwert).
        Haltet ein!

Erster Chor. (Cajetan.)
 Es ist der Fürst.

Zweiter Chor. (Bohemund.)
        Der Bruder! Haltet Friede!

Don Manuel.
 Den streck' ich todt auf dieses Rasens Grund,
 Der mit gezuckter Augenwimper nur
 Die Fehde fortsetzt und dem Gegner droht!
 Rast ihr? Was für ein Dämon reizt euch an,

Des alten Zwistes Flammen aufzublasen,
Der zwischen uns, den Fürsten abgethan
Und ausgeglichen ist auf immerdar?
—Wer fing den Streit an? Redet! Ich will's wissen.

Erster Chor. (Cajetan, Berengar.)
  Sie standen hier—

Zweiter Chor (Roger, Bohemund unterbrechend).
        Sie kamen—

Don Manuel (zum ersten Chor).
        Rede du!

Erster Chor. (Cajetan.)
  Wir kamen her, mein Fürst, die Hochzeitgaben
  Zu überreichen, wie du uns befahlst.
  Geschmückt zu einem Feste, keineswegs
  Zum Krieg bereit, du siehst es, zogen wir
  In Frieden unsern Weg, nichts Arges denkend
  Und trauend dem beschworenen Vertrag;
  Da fanden wir sie feindlich hier gelagert
  Und uns den Eingang sperrend mit Gewalt.

Don Manuel.
  Unsinnige, ist keine Freistatt sicher
  Genug vor eurer blinden, tollen Wuth?
  Auch in der Unschuld still verborgnen Sitz
  Bricht euer Hader friedestörend ein? (Zum zweiten Chor.)
  Weiche zurück! Hier sind Geheimnisse,
  Die deine kühne Gegenwart nicht dulden. (Da derselbe
zögert.)
  Zurück Dein Herr gebietet dir's durch mich,
  Denn wir sind jetzt ein Haupt und ein Gemüth,
  Und mein Befehl ist auch der seine. Geh! (Zum ersten
Chor.)

Du bleibst und wahrst des Eingangs.

Zweiter Chor. (Bohemund.)
                    Was beginnen?
Die Fürsten sind versöhnt, das ist die Wahrheit,
Und in der hohen Häupter Spahn und Streit
Sich unberufen, vielgeschäftig drängen,
Bringt wenig Dank und öfterer Gefahr.
Denn wenn der Mächtige des Streits ermüdet,
Wirft er behend auf den geringen Mann,
Der arglos ihm gedient, den blut'gen Mantel
Der Schuld, und leicht gereinigt steht er da.
Drum mögen sich die Fürsten selbst vergleichen,
Ich acht' es für gerathner, wir gehorchen.

(Der zweite Chor geht ab, der erste zieht sich nach dem
Hintergrund der Scene zurück. In demselben Augenblicke
stürzt Beatrice heraus und wirft sich in Don Manuels
Arme.)

Dritter Auftritt.

Beatrice. Don Manuel.

Beatrice.
Du bist's. Ich habe dich wieder—Grausamer!
Du hast mich lange, lange schmachten lassen,
Der Furcht und allen Schrecknissen zum Raub
Dahin gegeben—Doch nichts mehr davon!
Ich habe dich—in deinen lieben Armen
Ist Schutz und Schirm vor jeglicher Gefahr.
Komm! Sie sind weg! Wir haben Raum zur Flucht,
Fort, laß uns keinen Augenblick verlieren!
(Sie will ihn mit sich fortziehen und sieht ihn jetzt erst

genau an.)
  Was ist dir? So verschlossen feierlich
  Empfängst du mich—entziehst dich meinen Armen,
  Als wolltest du mich lieber ganz verstoßen?
  Ich kenne dich nicht mehr—Ist dies Don Manuel,
  Mein Gatte, mein Geliebter?

Don Manuel. Beatrice!

Beatrice.
  Nein, rede nicht! Jetzt ist nicht Zeit zu Worten!
  Fort laß uns eilen, schnell der Augenblick
  Ist kostbar—

Don Manuel.
        Bleib! Antworte mir!

Beatrice.
                Fort, Fort!
  Eh diese wilden Männer wiederkehren!

Don Manuel.
  Bleib! Jene Männer werden uns nicht schaden.

Beatrice.
  Doch, doch! Du kennst sie nicht. O, komm! Entfliehe!

Don Manuel.
  Von meinem Arm beschützt, was kannst du fürchten?

Beatrice.
  O, glaube mir, es gibt hier mächt'ge Menschen!

Don Manuel.
  Geliebte, keinen mächtiger als mich.

Beatrice.
  Du, gegen diese Vielen ganz allein?

Don Manuel.

Ich ganz allein! Die Männer, die du fürchtest—

Beatrice.

Du kennst sie nicht, du weißt nicht, wem sie dienen.

Don Manuel.

Mir dienen sie, und ich bin ihr Gebieter.

Beatrice.

Du bist—Ein Schrecken fliegt durch meine Seele!

Don Manuel.

Lerne mich endlich kennen, Beatrice!
Ich bin nicht Der, der ich dir schien zu sein,
Der arme Ritter nicht, der unbekannte,
Der liebend nur um deine Liebe warb.
Wer ich wahrhaftig bin, was ich vermag,
Woher ich stamme, hab' ich dir verborgen.

Beatrice.

Du bist Don Manuel nicht! Weh mir, wer bist du?

Don Manuel.

Don Manuel heiß' ich—doch ich bin der Höchste,
Der diesen Namen führt in dieser Stadt,
Ich bin Don Manuel, Fürst von Messina.

Beatrice.

Du wärst Don Manuel, Don Cesars Bruder?

Don Manuel.

Don Cesar ist mein Bruder.

Beatrice.

                    Ist dein Bruder!

Don Manuel.
  Wie? Dies erschreckt dich? Kennst du den Don Cesar?
  Kennst du noch sonsten Jemand meines Bluts?

Beatrice.
  Du bist Don Manuel, der mit dem Bruder
  In Hasse lebt und unversöhnter Fehde?

Don Manuel. Wir sind versöhnt, seit heute sind wir Brüder,
  Nicht von Geburt nur, nein! von Herzen auch!

Beatrice.
  Versöhnt, seit heute!

Don Manuel.
            Sage mir, was ist das?
  Was bringt dich so in Aufruhr? Kennst du mehr
  Als nur den Namen bloß von meinem Hause?
  Weiß ich dein ganz Geheimniß? Hast du nichts,
  Nichts mir verschwiegen oder vorenthalten?

Beatrice.
  Was denkst du? Wie? Was hätt' ich zu gestehen?

Don Manuel.
  Von deiner Mutter hast du mir noch nichts
  Gesagt. Wer ist sie? Würdest du sie kennen,
  Wenn ich sie dir beschriebe—dir sie zeigte?

Beatrice.
  Du kennst sie—kennst sie und verbargst sie mir?

Don Manuel.
  Weh dir und wehe mir, wenn ich sie kenne!

Beatrice.
  O, sie ist gütig, wie das Licht der Sonne!

Ich seh' sie vor mir, die Erinnerung
Belebt sich wieder, aus der Seele Tiefen
Erhebt sich mir die göttliche Gestalt.
Der braunen Locken dunkle Ringe seh' ich
Des weißen Halses edle Form beschatten,
Ich seh' der Stirne rein gewölbten Bogen,
Des großen Auges dunkelhellen Glanz,
Auch ihrer Stimme seelenvolle Töne
Erwachen mir—

Don Manuel.
  Weh mir! Du schilderst sie!

Beatrice.
Und ich entfloh ihr! Konnte sie verlassen,
Vielleicht am Morgen eben dieses Tags,
Der mich auf ewig ihr vereinen sollte!
O, selbst die Mutter gab ich hin für dich!

Don Manuel.
Messinas Fürstin wird dir Mutter sein.
Zu ihr bring' ich dich jetzt; sie wartet deiner.

Beatrice.
Was sagst du? Deine Mutter und Don Cesars?
Zu ihr mich bringen? Nimmer, nimmermehr!

Don Manuel.
Du schauderst? Was bedeutet dies Entsetzen?
Ist meine Mutter keine Fremde dir?

Beatrice.
O unglückselig traurige Entdeckung!
O, hätt' ich nimmer diesen Tag gesehn!

Don Manuel.
Was kann dich ängstigen, nun du mich kennst,

Den Fürsten findest in dem Unbekannten?

Beatrice.
 O, gib mir diesen Unbekannten wieder,
 Mit ihm auf dem Eiland wär' ich selig!

Don Cesar (hinter der Scene).
 Zurück! Welch vieles Volk ist hier versammelt?

Beatrice.
 Gott! Diese Stimme! Wo verberg' ich mich?

Don Manuel.
 Erkennst du diese Stimme? Nein, du hast
 Sie nie gehört und kannst sie nicht erkennen!

Beatrice.
 O, laß uns fliehen! Komm und weile nicht!

Don Manuel.
 Was fliehn? Es ist des Bruders Stimme, der
 Mich sucht; zwar wundert mich, wie er entdeckte—

Beatrice.
 Bei allen Heiligen des Himmels, meid' ihn!
 Begegne nicht dem heftig Stürmenden,
 Laß dich von ihm an diesem Ort nicht finden.

Don Manuel.
 Geliebte Seele, dich verwirrt die Furcht!
 Du hörst mich nicht, wir sind versöhnte Brüder!

Beatrice.
 O Himmel, rette mich aus dieser Stunde!

Don Manuel.
 Was ahnt mir! Welch ein Gedanke faßt
 Mich schaudernd?—Wär es möglich—Wäre dir

Die Stimme keine fremde? — Beatrice,
Du warst? — Mir grauet, weiter fort zu fragen!
Du warst — bei meines Vaters Leichenfeier?

Beatrice.
  Wer mir!

Don Manuel.
    Du warst zugegen?

Beatrice.
        Zürne nicht!

Don Manuel.
  Unglückliche, du warst?

Beatrice.
        Ich war zugegen.

Don Manuel.
  Entsetzen!

Beatrice.
      Die Begierde war zu mächtig!
  Vergib mir! Ich gestand dir meinen Wunsch;
  Doch, plötzlich ernst und finster, ließest du
  Die Bitte fallen, und so schwieg auch ich.
  Doch weiß ich nicht, welch böses Sternes Macht
  Mich trieb mit unbezwinglichem Gelüsten.
  Des Herzens heißen Drang mußt' ich vergnügen;
  Der alte Diener lieh mir seinen Beistand,
  Ich war dir ungehorsam, und ich ging.

(Sie schmiegt sich an ihn, indem tritt Don Cesar herein, von
dem ganzen Chor begleitet.)

Vierter Auftritt.

Beide Brüder. Beide Chöre. Beatrice.

Zweiter Chor (Bohemund) zu Don Cesar.
  Du glaubst uns nicht—Glaub deinen eignen Augen!

Don Cesar (tritt heftig ein und fährt beim Anblick seines Bruders
mit Entsetzen zurück.)
  Blendwerk der Hölle! Was? In seinen Armen!
(Näher tretend, zu Don Manuel.)
  Giftvolle Schlange! Das ist deine Liebe!
  Deßwegen logst du tückisch mir Versöhnung!
  O, eine Stimme Gottes war mein Haß!
  Fahre zur Hölle, falsche Schlangenseele! (Er ersticht ihn.)

Don Manuel.
  Ich bin des Todes—Beatrice—Bruder!

(Er sinkt und stirbt. Beatrice fällt neben ihm ohnmächtig
nieder.)

Erster Chor. (Cajetan.)
  Mord! Mord! Herbei! Greift zu den Waffen alle!
  Mit Blut gerächet sei die blut'ge That! (Alle ziehen den
Degen.)

Zweiter Chor. (Bohemund.)
  Heil uns! Der lange Zwiespalt ist geendigt.
  Nur einem Herrscher jetzt gehorcht Messina.

Erster Chor. (Cajetan, Berengar, Manfred.)
  Rache! Rache! Der Mörder falle! falle,
  Ein sühnend Opfer dem Gemordeten!

Zweiter Chor. (Bohemund, Roger, Hippolyt.)
  Herr, fürchte nichts, wir stehen treu zu dir.

Don Cesar (mit Ansehen zwischen sie tretend).
  Zurück—Ich habe meinen Feind getödtet,
  Der mein vertrauend redlich Herz betrog,
  Die Bruderliebe mir zum Fallstrick legte.
  Ein furchtbar gräßlich Ansehn hat die That,
  Doch der gerechte Himmel hat gerichtet.

Erster Chor. (Cajetan.)
  Weh die, Messina! Wehe! Wehe! Wehe!
  Das gräßlich Ungeheure ist geschehn
  In deinen Mauern—Wehe deinen Müttern
  Und Kindern, deinen Jünglingen und Greisen!
  Und wehe der noch ungebornen Frucht!

Don Cesar.
  Die Klage kommt zu spät—Hier schaffet Hilfe!
(Auf Beatricen zeigend.)
  Ruft sie ins Leben! Schnell entfernet sie
  Von diesem Ort des Schreckens und des Todes.
  —Ich kann nicht länger weilen, denn mich ruft
  Die Sorge fort um die geraubte Schwester.
  —Bringt sie in meiner Mutter Schloß und sprecht:
  Es sei ihr Sohn Don Cesar, der sie sende!

(Er geht ab; die ohnmächtige Beatrice wird von dem zweiten
Chor auf eine Bank gesetzt und so hinweg getragen; der
erste Chor bleibt bei dem Leichnam zurück, um welchen
auch die Knaben, die die Brautgeschenke tragen, in einem
Halbkreis herumstehen.)

Fünfter Auftritt.

Chor. (Cajetan.)
  Sagt mir! Ich kann's nicht fassen und deuten,

Wie es so schnell sich erfüllend genaht.
Längst wohl sah ich im Geist mit weiten
Schritten das Schreckensgespenst herschreiten
Dieser entsetzlichen, blutigen That.
Dennoch übergießt mich ein Grauen,
Da sie vorhanden ist und geschehen,
Da ich erfüllt muß vor Augen schauen,
Was ich in ahnender Furcht nur gesehen.
All mein Blut in den Adern erstarrt
Vor der gräßlich entschiedenen Gegenwart.

Einer aus dem Chor. (Manfred.)
Lasset erschallen die Stimme der Klage!
Holder Jüngling!
Da liegt er entseelt,
Hingestreckt in der Blüthe der Tage,
Schwer umfangen von Todesnacht,
An der Schwelle der bräutlichen Kammer!
Aber über dem Stummen erwacht
Lauter, unermeßlicher Jammer.

Ein Zweiter. (Cajetan.)
Wir kommen, wir kommen
Mit festlichem Prangen
Die Braut zu empfangen,
Es bringen die Knaben
Die reichen Gewande, die bräutlichen Gaben,
Das Fest ist bereitet, es warten die Zeugen;
Aber der Bräutigam höret nicht mehr,
Nimmer erweckt ihn der fröhliche Reigen,
Denn der Schlummer der Todten ist schwer.

Ganzer Chor.
Schwer und tief ist der Schlummer der Todten,
Nummer erweckt ihn die Stimme der Braut,
Nimmer des Hifthorns fröhlicher Laut,

Starr und fühllos liegt er am Boden!

Ein Dritter. (Cajetan.)
 Was sind die Hoffnungen, was sind Entwürfe,
 Die der Mensch, der vergängliche, baut?
 Heute umarmtet ihr euch als Brüder,
 Einig gestimmt mit Herzen und Munde,
 Diese Sonne, die jetzo nieder
 Geht, sie leuchtete eurem Bunde!
 Und jetzt liegst du, dem Staube vermählt,
 Von des Brudermords Händen entseelt,
 In dem Busen die gräßliche Wunde!
 Was sind Hoffnungen, was sind Entwürfe,
 Die der Mensch, der flüchtige Sohn der Stunde,
 Aufbaut auf dem betrüglichen Grunde?

Chor. (Berengar.)
 Zu der Mutter will ich dich tragen,
 Eine unbeglückende Last!
 Diese Cypresse laßt uns zerschlagen
 Mit der mörderischen Schneide der Axt,
 Eine Bahre zu flechten aus ihren Zweigen,
 Nimmer soll sie Lebendiges zeugen,
 Die die tödtliche Frucht getragen,
 Nimmer in fröhlichem Wuchs sich erheben,
 Keinem Wandrer mehr Schatten geben;
 Die sich genährt auf des Mordes Boden,
 Soll verflucht sein zum Dienst der Todten!

Erster. (Cajetan.)
 Aber wehe dem Mörder, wehe,
 Der dahin geht in thörichtem Muth!
 Hinab, hinab in der Erde Ritzen
 Rinnet, rinnet, rinnet sein Blut.
 Drunten aber im Tiefen sitzen
 Lichtlos, ohne Gesang und Sprache,

Der Themis Töchter, die nie vergessen,
Die Untrüglichen, die mit Gerechtigkeit messen,
Fangen es auf in schwarzen Gefäßen,
Rühren und mengen die schreckliche Rache.

Zweiter. (Berengar.)
Leicht verschwindet der Thaten Spur
Von der sonnenbeleuchteten Erde,
Wie aus dem Antlitz die leichte Geberde—
Aber nichts ist verloren und verschwunden,
Was die geheimnißvoll waltenden Stunden
In den dunkel schaffenden Schooß aufnahmen—
Die Zeit ist eine blühende Flur,
Ein großes Lebendiges ist die Natur,
Und alles ist Frucht, und alles ist Samen.

Dritter. (Cajetan.)
Wehe, wehe dem Mörder, wehe,
Der sich gesät die tödtliche Saat!
Ein andres Antlitz, eh sie geschehen,
Ein anderes zeigt die vollbrachte That.
Muthvoll blickt sie und kühn dir entgegen,
Wenn der Rache Gefühle den Busen bewegen;
Aber ist sie geschehn und begangen,
Blickt sie dich an mit erbleichenden Wangen.
Selber die schrecklichen Furien schwangen
Gegen Orestes die höllischen Schlangen,
Reizten den Sohn zu dem Muttermord an;
Mit der Gerechtigkeit heiligen Zügen
Wußte sie listig sein Herz zu betrügen,
Bis er die tödtliche That nun gethan—
Aber, da er den Schooß jetzt geschlagen,
Der ihn empfangen und liebend getragen,
Siehe, da kehrten sie
Gegen ihn selber

Schrecklich sich um—
Und er erkannte die furchtbaren Jungfraun
Die den Mörder ergreifend fassen,
Die von jetzt an ihn nimmer lassen,
Die ihn mit ewigem Schlangenbiß nagen,
Die von Meer zu Meer ihn ruhelos jagen
Bis in das delphische Heiligthum.

(Der Chor geht ab, den Leichnam Don Manuels auf einer
Bahre tragend.)

Vierter Aufzug.

Die Säulenhalle.—Es ist Nacht; die Scene ist von oben herab
durch eine große Lampe erleuchtet.

Erster Auftritt.

Donna Isabella und Diego treten auf.

Isabella.
  Noch keine Kunde kam von meinen Söhnen,
  Ob eine Spur sich fand von der Verlornen?

Diego.
  Noch nichts, Gebieterin!—doch hoffe Alles
  Von deiner Söhne Ernst und Emsigkeit.

Isabella.
  Wie ist mein Herz geängstiget, Diego!
  Es stand bei mir, dies Unglück zu verhüten.

Diego.

Drück' nicht des Vorwurfs Stachel in dein Herz.
An welcher Vorsicht ließest du's ermangeln?

Isabella.
   Hätt' ich sie früher an das Licht gezogen,
   Wie mich des Herzens Stimme mächtig trieb!

Diego.
   Die Klugheit wehrte dir's, du thatest weise;
   Doch der Erfolg ruht in des Himmels Hand.

Isabella.
   Ach, so ist keine Freude rein! Mein Glück
   Wär' ein vollkommnes ohne diesen Zufall.

Diego.
   Dies Glück ist nur verzögert, nicht zerstört;
   Genieße du jetzt deiner Söhne Frieden.

Isabella.
   Ich habe sie einander Herz an Herz
   Umarmen sehn — ein nie erlebter Anblick!

Diego.
   Und nicht ein Schauspiel bloß, es ging von Herzen,
   Denn ihr Geradsinn haßt der Lüge Zwang.

Isabella.
   Ich seh' auch, daß sie zärtlicher Gefühle,
   Der schönen Neigung fähig sind; mit Wonne
   Entdeck' ich, daß sie ehren, was sie lieben.
   Der ungebundnen Freiheit wollen sie
   Entsagen, nicht dem Zügel des Gesetzes
   Entzieht sich ihre brausend wilde Jugend,
   Und sittlich selbst blieb ihre Leidenschaft.
   — Und will dir's jetzo gern gestehn, Diego,
   Daß ich mit Sorge diesem Augenblick,

Der aufgeschloßnen Blume des Gefühls
Mit banger Furcht entgegen sah—Die Liebe
Wird leicht zur Wuth in heftigen Naturen.
Wenn in den aufgehäuften Feuerzunder
Des alten Hasses auch noch dieser Blitz,
Der Eifersucht feindsel'ge Flamme schlug—
Mir schaudert, es zu denken—ihr Gefühl,
Das niemals einig war, gerade hier
Zum erstenmal unselig sich begegnet—
Wohl mir! Auch diese donnerschwere Wolke,
Die über mir schwarz drohend niederhing,
Sie führte mir ein Engel still vorüber,
Und leicht nun athmet die befreite Brust.

Diego.
Ja, freue deines Werkes dich. Du hast
Mit zartem Sinn und ruhigem Verstand
Vollendet, was der Vater nicht vermochte
Mit aller seiner Herrscher Macht—Dein ist
Der Ruhm; doch auch dein Glücksstern ist zu loben!

Isabella.
Vieles gelang mir! Viel auch that das Glück!
Nichts Kleines war es, solche Heimlichkeit
Verhüllt zu tragen diese langen Jahre,
Der Mann zu täuschen, den umsichtigsten
Der Menschen, und ins Herz zurückzudrängen
Den Trieb des Bluts, der mächtig, wie des Feuers
Verschloßner Gott, aus seinen Banden strebte!

Diego.
Ein Pfand ist mir des Glückes lange Gunst,
Daß Alles sich erfreulich lösen wird.

Isabella.
Ich will nicht eher meine Sterne loben,

Bis ich das Ende dieser Thaten sah.
Daß mir der böse Genius nicht schlummert,
Erinnert warnen mich der Tochter Flucht.
—Schilt oder lobe meine That, Diego!
Doch dem Getreuen will ich nichts verbergen.
Nicht tragen konnt' ich's, hier in müß'ger Ruh
Zu harren des Erfolgs, indeß die Söhne
Geschäftig forschen nach der Tochter Spur.
Gehandelt hab' auch ich—Wo Menschenkunst
Nicht zureicht, hat der Himmel oft gerathen.

Diego.
Entdecke mir, was mir zu wissen ziemt.

Isabella.
Einsiedelnd auf des Ätna Höhen haust
Ein frommer Klausner, von Uralters her
Der Greis genannt des Berges, welcher, näher
Dem Himmel wohnend, als der andern Menschen
Tief wandelndes Geschlecht, den ird'schen Sinn
In leichter, reiner Ätherluft geläutert
Und von dem Berg der aufgewälzten Jahre
Hinabsieht in das aufgelöste Spiel
Des unverständlich krummgewundnen Lebens.
Nicht fremd ist ihm das Schicksal meines Hauses,
Oft hat der heil'ge Mann für uns den Himmel
Gefragt und manchen Fluch hinweggebetet.
Zu ihm hinauf gesandt hab' ich alsbald
Des raschen Boten jugendliche Kraft,
Daß er mir Kunde von der Tochter gebe,
Und stündlich harr' ich dessen Wiederkehr.

Diego.
Trügt mich mein Auge nicht, Gebieterin,
So ist's derselbe, der dort eilend naht,
Und Lob fürwahr verdient der Emsige!

Zweiter Auftritt.

Bote. Die Vorigen.

Isabella.
 Sag' an und weder Schlimmes hehle mir
 Noch Gutes, sondern schöpfe rein die Wahrheit!
 Was gab der Greis des Bergs dir zum Bescheide?

Bote.
 Ich soll mich schnell zurückbegeben, war
 Die Antwort, die Verlorne sei gefunden.

Isabella.
 Glücksel'ger Mund, erfreulich Himmelswort,
 Stets hast du das Erwünschte mir verkündet!
 Und welchem meiner Söhne war's verliehn,
 Die Spur zu finden der Verlornen?

Bote.
 Die Tiefverborgne fand dein ältster Sohn.

Isabella.
 Don Manuel ist es, dem ich sie verdanke!
 Ach, stets war dieser mir ein Kind des Segens!
 —Hast du dem Greis auch die geweihte Kerze
 Gebracht, die zum Geschenk ich ihm gesendet,
 Sie anzuzünden seinem Heiligen?
 Denn, was von Gaben sonst der Menschen Herzen
 Erfreut, verschmäht der fromme Gottesdiener.

Bote.
 Die Kerze nahm er schweigend von mir an,
 Und zum Altar hintretend, wo die Lampe
 Dem Heil'gen brannte, zündet' er sie flugs
 Dort an, und schnell in Brand steckt' er die Hütte,

Worin er Gott verehrt seit neunzig Jahren.

Isabella.

Was sagst du? Welches Schreckniß nennst du mir?

Bote.

Und dreimal Wehe! Wehe! rufend, stieg er
Herab vom Berg; mir aber winkt' er schweigend,
Ihm nicht zu folgen, noch zurückzuschauen.
Und so, gejagt von Grausen, eilt' ich her!

Isabella.

In neuer Zweifel wogende Bewegung
Und ängstlich schwankende Verworrenheit
Stürzt mich das Widersprechende zurück.
Gefunden sei mir die verlorne Tochter
Von meinem ältsten Sohn, Don Manuel?
Die gute Rede kann mir nicht gedeihen,
Begleitet von der unglücksel'gen That.

Bote.

Blick' hinter dich, Gebieterin! Du siehst
Des Klausners Wort erfüllt vor deinen Augen;
Denn Alles müßt' mich trügen, oder dies
Ist die verlorne Tochter, die du suchst,
Von deiner Söhne Ritterschaar begleitet.

(Beatrice wird von dem zweiten Halbchor auf einem
Tragsessel gebracht und auf der vordern Bühne
niedergesetzt. Sie ist noch ohne Leben und Bewegung.)

Dritter Auftritt.

Isabella. Diego. Bote. Beatrice. Chor. (Bohemund, Roger,
Hippolyt und die neun andern Ritter Don Cesars.)

94

Chor. (Bohemund.)
Des Herrn Geheiß erfüllend, setzen wir
Die Jungfrau hier zu deinen Füßen nieder,
Gebieterin—Also befahl er uns
Zu thun und dir zu melden dieses Wort:
Es sei dein Sohn Don Cesar, der sie sendet.

Isabella (ist mit ausgebreiteten Armen auf sie zugeeilt und tritt mit Schrecken zurück.) O Himmel! Sie ist bleich und ohne Leben!

Chor. (Bohemund.)
Sie lebt! Sie wird erwachen! Gönn' ihr Zeit,
Von dem Erstaunlichen sich zu erholen,
Das ihre Geister noch gebunden hält.

Isabella.
Mein Kind! Kind meiner Schmerzen, meiner Sorgen!
So sehen wir uns wieder! So mußt du
Den Einzug halten in des Vaters Haus!
O, laß an meinem Leben mich das deinige
Anzünden! An die mütterliche Brust
Will ich dich pressen, bis, vom Todesfrost
Gelöst, die warmen Adern wieder schlagen! (Zum Chor.)
O, sprich! Welch Schreckliches ist hier geschehn?
Wo fandst du sie? Wie kam das theure Kind
In diesen kläglich jammervollen Zustand?

Chor. (Bohemund.)
Erfahr' es nicht von mir, mein Mund ist stumm.
Dein Sohn Don Cesar wird dir Alles deutlich
Verkündigen, denn er ist's, der sie sendet.

Isabella.
Mein Sohn Don Manuel, so willst du sagen?

Chor. (Bohemund.)
  Dein Sohn Don Cesar sendet sie dir zu.

Isabella (zu dem Boten).
  War's nicht Don Manuel, den der Seher nannte?

Bote.
  So ist es, Herrin, das war seine Rede.

Isabella.
  Welcher es sei, er hat mein Herz erfreut;
  Die Tochter dank' ich ihm, er sei gesegnet!
  O, muß ein neid'scher Dämon mir die Wonne
  Des heiß erflehten Augenblicks verbittern!
  Ankämpfen muß ich gegen mein Entzücken!
  Die Tochter seh' ich in des Vaters Haus,
  Sie aber sieht nicht mich, vernimmt mich nicht,
  Sie kann der Mutter Freude nicht erwiedern.
  O, öffnet euch, ihr lieben Augenlichter!
  Erwärmet euch, ihr Hände! Hebe dich,
  Lebloser Busen, und schlage der Lust!
  Diego! Das ist meine Tochter—Das
  Die Langverborgne, die Gerettete,
  Vor aller Welt kann ich sie jetzt erkennen!

Chor. (Bohemund.)
  Ein seltsam neues Schreckniß glaub' ich ahnend
  Vor mir zu sehn und stehe wundernd, wie
  Das Irrsal sich entwirren soll und lösen.

Isabella (zum Chor, der Bestürzung und Verlegenheit
ausdrückt).
  O, seid ihr undurchdringlich harte Herzen!
  Vom ehrnen Harnisch eurer Brust, gleichwie
  Von einem schroffen Meeresfelsen, schlägt
  Die Freude meines Herzens mir zurück!

Umsonst in diesem ganzen Kreis umher
Späh' ich nach einem Auge, das empfindet.
Wo weilen meine Söhne, daß ich Antheil
In einem Auge lese; denn mir ist,
Als ob der Wüste unmitleid'ge Schaaren,
Des Meeres Ungeheuer mich umständen!

Diego.
Sie schlägt die Augen auf! Sie regt sich, lebt!

Isabella.
Sie lebt! Ihr erster Blick sei auf die Mutter!

Diego.
Das Auge schließt sie schaudernd wieder zu.

Isabella (zum Chor).
Weichet zurück! Sie schreckt der fremde Anblick!

Chor (tritt zurück). (Bohemund.)
Gern meid' ich's, ihrem Blicke zu begegnen.

Diego.
Mit großen Augen mißt sie staunend dich.

Beatrice.
Wo bin ich? Diese Züge sollt' ich kennen.

Isabella.
Langsam kehrt die Besinnung ihr zurück.

Diego.
Was macht sie? Auf die Kniee senkt sie sich.

Beatrice.
Ich, schönes Engelsantlitz meiner Mutter!

Isabella.

Kind meines Herzens! Komm in meine Arme!

Beatrice.
  Zu deinen Füßen sieh die Schuldige.

Isabella.
  Ich habe dich wieder! Alles sei vergessen!

Diego.
  Betracht' auch mich! Erkennst du meine Züge?

Beatrice.
  Des redlichen Diego greises Haupt!

Isabella.
  Der treue Wächter deiner Kinderjahre.

Beatrice.
  So bin ich wieder in dem Schooß der Meinen?

Isabella.
  Und nichts soll uns mehr scheiden, als der Tod.

Beatrice.
  Du willst mich nicht mehr in die Fremde stoßen?

Isabella.
  Nichts trennt uns mehr, das Schicksal ist befriedigt.

Beatrice (sinkt an ihre Brust).
  Und find' ich wirklich mich an deinem Herzen?
  Und Alles war ein Traum, was ich erlebt?
  Ein schwerer, fürchterlicher Traum—O Mutter!
  Ich sah ihn todt zu meinen Füßen fallen!
  —Wie komm' ich aber hieher? Ich besinne
  Mich nicht—Ach, wohl mir, wohl, daß ich gerettet
  In deinen Armen bin! Sie wollten mich
  Zur Fürstin Mutter von Messina bringen.

Eher ins Grab!

Isabella.

        Komm zu dir, meine Tochter!
Messinas Fürstin —

Beatrice.

        Nenne sie nicht mehr!
Mir gießt sich bei dem unglücksel'gen Namen
Ein Frost des Todes durch die Glieder.

Isabella.

        Höre mich.

Beatrice.
  Sie hat zwei Söhne, die sich tödtlich hassen;
Don Manuel, Don Cesar nennt man sie.

Isabella.
  Ich bin's ja selbst! Erkenne deine Mutter!

Beatrice.
  Was sagst du? Welches Wort hast du geredet?

Isabella.
  Ich, deine Mutter, bin Messinas Fürstin.

Beatrice.
  Du bist Don Manuels Mutter und Don Cesars?

Isabella.
  Und deine Mutter! Deine Brüder nennst du!

Beatrice.
  Weh, weh mir! O, entsetzensvolles Licht!

Isabella.
  Was ist dir? Was erschüttert dich so seltsam?

Beatrice (wild um sich her schauend, erblickt den Chor).
 Das sind sie, ja! Jetzt, jetzt erkenn' ich sie.
 Mich hat kein Traum getäuscht—Die sind's, Die waren
 Zugegen—Es ist fürchterliche Wahrheit!
 Unglückliche, wo habt ihr ihn verborgen?

(Sie geht mit heftigem Schritt auf den Chor zu, der sich von
ihr abwendet. Ein Trauermarsch läßt sich in der Ferne
hören.)

Chor.
 Weh! Wehe!

Isabella.
       Wen verborgen? Was ist wahr?
 Ihr schweigt bestürzt—Ihr scheint sie zu verstehn.
 Ich les' in euren Augen, eurer Stimme
 Gebrochnen Tönen etwas Unglücksel'ges,
 Das mir zurückgehalten wird—Was ist's?
 Ich will es wissen. Warum heftet ihr
 So schreckensvolle Blicke nach der Thüre?
 Und was für Töne hör' ich da erschallen?

Chor. (Bohemund.)
 Es naht sich! Es wird sich mit Schrecken klären.
 Sei stark, Gebieterin, stähle dein Herz!
 Mit Fassung ertrage, was dich erwartet,
 Mit männlicher Seele den tödtlichen Schmerz!

Isabella.
 Was naht sich? Was erwartet mich?—Ich höre
 Der Todtenklage fürchterlichen Ton
 Das Haus durchdringen—Wo sind meine Söhne?

(Der erste Halbchor bringt den Leichnam Don Manuels auf
einer Bahre getragen, die er auf der leer gelassenen Seite der

Scene niedersetzt. Ein schwarzes Tuch ist darüber gebreitet.)

Vierter Auftritt.

Isabella. Beatrice. Diego. Beide Chöre.

Erster Chor. (Cajetan.)
  Durch die Straßen der Städte,
  Vom Jammer gefolget,
  Schreitet das Unglück —
  Lauernd umschleicht es
  Die Häuser der Menschen,
  Heute an dieser
  Pforte pocht es,
  Morgen an jener,
  Aber noch keinen hat es verschont.
  Die unerwünschte
  Schmerzliche Botschaft,
  Früher oder später,
  Bestellt es an jeder
  Schwelle, wo ein Lebendiger wohnt.

(Berengar.)
  Wenn die Blätter fallen
  In des Jahres Kreise,
  Wenn zum Grabe wallen
  Entnervte Greise,
  Da gehorcht die Natur
  Ruhig nur
  Ihrem alten Gesetze,
  Ihrem ewigen Brauch,
  Da ist nichts, was den Menschen entsetze!

  Aber das Ungeheure auch

Lerne erwarten im irdischen Leben!
Mit gewaltsamer Hand
Löst der Mord auch das heiligste Band,
In sein stygisches Boot
Raffet der Tod
Auch der Jugend blühendes Leben!

(Cajetan.)
Wenn die Wolken gethürmt den Himmel schwärzen,
Wenn dumpftosend der Donner hallt,
Da, da fühlen sich alle Herzen
In des furchtbaren Schicksals Gewalt.
Aber auch aus entwölkter Höhe
Kann der zündende Donner schlagen
Darum in deinen fröhlichen Tagen
Fürchte des Unglücks tückische Nähe!
Nicht an die Güter hänge dein Herz,
Die das Leben vergänglich zieren!
Wer besitzt, der lerne verlieren,
Wer im Glück ist, der lerne den Schmerz.

Isabella.
Was soll ich hören? Was verhüllt dies Tuch?
(Sie macht einen Schritt gegen die Bahre, bleibt aber
unschlüssig
zaudernd stehen.)
Es zieht mich grausend hin und zieht mich schaudernd
Mit dunkler, kalter Schreckenshand zurück.
(Zu Beatrice, welche sich zwischen sie und die Bahre
geworfen.)
Laß mich! Was es auch sei, ich will's enthüllen!
(Sie hebt das Tuch auf und entdeckt Don Manuels
Leichnam.)
O himmlische Mächte, es ist mein Sohn!

(Sie bleibt mit starrem Entsetzen stehen—Beatrice sinkt mit

einem
Schrei des Schmerzens neben der Bahre nieder.)

Chor. (Cajetan, Berengar, Manfred.)
  Unglückliche Mutter! Es ist dein Sohn!
  Du hast es gesprochen, das Wort des Jammers,
  Nicht meinen Lippen ist es entflohn.

Isabella.
  Mein Sohn! Mein Manuel!—O, ewige
  Erbarmung—So muß ich dich wieder finden!
  Mit deinem Leben mußtest du die Schwester
  Erkaufen aus des Räubers Hand!—Wo war
  Dein Bruder, daß sein Arm dich nicht beschützte?
  —O, Fluch der Hand, die diese Wunde grub!
  Fluch ihr, die den Verderblichen geboren,
  Der mir den Sohn erschlug! Fluch seinem ganzen
  Geschlecht!

Chor.
        Wehe! Wehe! Wehe! Wehe!

Isabella.
  So haltet ihr mir Wort, ihr Himmelsmächte?
  Das, das ist eure Wahrheit? Wehe Dem,
  Der euch vertraut mit redlichem Gemüth!
  Worauf hab' ich gehofft, wovor gezittert,
  Wenn dies der Ausgang ist!—O, die ihr hier
  Mich schreckenvoll umsteht, an meinem Schmerz
  Die Blicke weidend, lernt die Lügen kennen,
  Womit die Träume uns, die Seher täuschen!
  Glaube noch einer an der Götter Mund!
  —Als ich mich Mutter fühlte dieser Tochter,
  Da träumte ihrem Vater eines Tages,
  Er säh' aus seinem hochzeitlichen Bette
  Zwei Lorbeerbäume wachsen—Zwischen ihnen

Wuchs eine Lilie empor; sie ward
Zur Flamme, die der Bäume dicht Gezweig ergriff
Und, um sich wüthend, schnell das ganze Haus
In ungeheurer Feuersfluth verschlang.
Erschreckt von diesem seltsamen Gesichte,
Befrug der Vater einen Vogelschauer
Und schwarzen Magier um die Bedeutung.
Der Magier erklärte: wenn mein Schooß
Von einer Tochter sich entbinden würde,
So würde sie die beiden Söhne ihm
Ermorden und vertilgen seinen Stamm!

Chor. (Cajetan und Bohemund.)
Gebieterin, was sagst du? Wehe! Wehe!

Isabella.
Darum befahlt der Vater, sie zu tödten;
Doch ich entrückte sie dem Jammerschicksal.
—Die arme Unglückselige! Verstoßen
Ward sie als Kind aus ihrer Mutter Schooß,
Daß sie, erwachsen, nicht die Brüder morde!
Und jetzt durch Räubershände fällt der Bruder,
Nicht die Unschuldige hat ihn getödtet!

Chor.
Wehe! Wehe! Wehe! Wehe!

Isabella.
                Keinen Glauben
Verdiente mir des Götzendieners Spruch,
Ein beßres Hoffen stärkte meine Seele.
Denn mir verkündigte ein andrer Mund,
Den ich für wahrhaft hielt, von dieser Tochter:
"In heißer Liebe würde sie dereinst
"Der Söhne Herzen mir vereinigen."
—So widersprachen die Orakel sich,

Den Fluch zugleich und Segen auf das Haupt
Der Tochter legend—Nicht den Fluch hat sie
Verschuldet, die Unglückliche! Nicht Zeit
Ward ihr gegönnt, den Segen zu vollziehen.
Ein Mund hat, wie der andere, gelogen!
Die Kunst der Seher ist ein eitles Nichts,
Betrüger sind sie oder sind betrogen.
Nichts Wahres läßt sich von der Zukunft wissen,
Du schöpfest drunten an der Hölle Flüssen,
Du schöpfest droben an dem Quell des Lichts.

Erster Chor. (Cajetan.)
Wehe! Wehe! Was sagst du? Halt ein, halt ein!
Bezähme der Zunge verwegenes Toben!
Die Orakel sehen und treffen ein,
Der Ausgang wird die Wahrhaftigen loben!

Isabella.
Nicht zähmen will ich meine Zunge, laut,
Wie mir das Herz gebietet, will ich reden.
Warum besuchen wir die heil'gen Häuser
Und heben zu dem Himmel fromme Hände?
Gutmüth'ge Thoren, was gewinnen wir
Mit unserm Glauben? So unmöglich ist's,
Die Götter, die hochwohnenden, zu treffen,
Als in den Mond mit einem Pfeil zu schießen.
Vermauert ist dem Sterblichen die Zukunft,
Und kein Gebet durchbohrt den ehrnen Himmel.
Ob rechts die Vögel fliegen oder links,
Die Sterns so sich oder anders fügen,
Nicht Sinn ist in dem Buche der Natur,
Die Traumkunst träumt, und alle Zeichen trügen.

Zweiter Chor. (Bohemund.)
Halt ein, Unglückliche! Wehe! Wehe!
Du leugnest der Sonne leuchtendes Licht

Mit blinden Augen! Die Götter leben,
Erkenne sie, die dich furchtbar umgeben!
(Alle Ritter.)
Die Götter leben, die Götter leben,
Erkenne sie, die dich furchtbar umgeben!

Beatrice.
O Mutter! Mutter! Warum hast du mich
Gerettet! Warum warfst du mich nicht hin
Dem Fluch, der, eh' ich war, mich schon verfolgte?
Blödsicht'ge Mutter! Warum dünktest du
Dich weiser, als die Alles Schauenden,
Die Nah' und Fernes an einander knüpfen
Und in der Zukunft späte Saaten sehn?
Dir selbst und mir, uns allen zum Verderben
Hast du den Todesgöttern ihren Raub,
Den sie gefordert, frevelnd vorenthalten!
Jetzt nehmen sie ihn zweifach, dreifach selbst.
Nicht dank' ich dir das traurige Geschenk,
Dem Schmerz, dem Jammer hast du mich erhalten!

Erster Chor (Cajetan.) (in heftiger Bewegung nach der
Thüre sehend).
Brechet auf, ihr Wunden,
Fließet, fließet!
In schwarzen Güssen
Stürzet hervor, ihr Bäche des Bluts!

(Berengar.)
Eherner Füße
Rauschen vernehm' ich,
Höllischer Schlangen
Zischendes Tönen,
Ich erkenne der Furien Schritt!

(Cajetan.)

106

Stürzet ein, ihr Wände!
Versink, o Schwelle,
Unter der schrecklichen Füße Tritt!
Schwarze Dämpfe, entsteiget, entsteiget
Qualmend dem Abgrund! Verschlinget des Tages
Lieblichen Schein!
Schützende Götter des Hauses, entweichet!
Lasst die rächenden Göttinnen ein!

Fünfter Auftritt.

Don Cesar. Isabella. Beatrice. Der Chor.

Beim Eintritt des Don Cesar zertheilt sich der Chor in fliehender
Bewegung vor ihm; er bleibt allein in der Mitte der Scene stehen.

Beatrice.
  Weh mir, er ist's!

Isabella (tritt ihm entgegen).
          O mein Sohn Cesar! Muß ich so
  Dich wiedersehen—O, blick her und sieh
  Den Frevel einer gottverfluchten Hand!
(Führt ihn zu dem Leichnam.)

Don Cesar (tritt mit Entsetzen zurück, das Gesicht verhüllend).

Erster Chor. (Cajetan, Berengar.)
  Brechet auf, ihr Wunden!
  Fließet, fließet!
  In schwarzen Güssen
  Strömet hervor, ihr Bäche des Bluts!

Isabella.

Du schauderst und erstarrst!—Ja, das ist Alles
Was dir noch übrig ist von deinem Bruder!
Da liegen meine Hoffnungen—Sie stirbt
Im Keim, die junge Blume eures Friedens,
Und keine schöne Früchte sollt' ich schauen.

Don Cesar.

Tröste dich, Mutter! Redlich wollten wir
Den Frieden, aber Blut beschloß der Himmel.

Isabella.

O, ich weiß, du liebtest ihn, ich sah entzückt
Die schönen Bande zwischen euch sich flechten!
An deinem Herzen wolltest du ihn tragen,
Ihm reich ersetzen die verlornen Jahre.
Der blut'ge Mord kam deiner schönen Liebe
Zuvor—Jetzt kannst du nichts mehr, als ihn rächen.

Don Cesar.

Komm, Mutter, komm! Hier ist kein Ort für dich,
Entreiß dich diesem unglücksel'gen Anblick! (Er will sie
fortziehen.)

Isabella (fällt ihm um den Hals).

Du lebst mir noch! Du, jetzt mein Einziger!

Beatrice.

Weh, Mutter! Was beginnst du?

Don Cesar.

Weine dich aus
An diesem treuen Busen! Unverloren
Ist dir der Sohn, denn seine Liebe lebt
Unsterblich fort in deines Cesars Brust.

Erster Chor. (Cajetan, Berengar, Manfred.)
  Brechet auf, ihr Wunden!
  Redet, ihr stummen!
  In schwarzen Fluthen
  Stürzet hervor, ihr Bäche des Bluts!

Isabella (Beider Hände fassend).
  O meine Kinder!

Don Cesar.
        Wie entzückt es mich,
  In deinen Armen sie zu sehen, Mutter!
  Ja, laß sie deine Tochter sein! Die Schwester —

Isabella (unterbricht ihn).
  Dir dank' ich die Gerettete, mein Sohn!
  Du hieltest Wort, du hast sie mir gesendet.

Don Cesar (erstaunt).
  Wen, Mutter, sagst du, hab' ich dir gesendet?

Isabella.
  Sie mein' ich, die du vor dir siehst, die Schwester.

Don Cesar.
  Sie meine Schwester?

Isabella.
        Welche andre sonst?

Don Cesar.
              Meine Schwester?

Isabella.
  Die du selber mir gesendet.

Don Cesar.
        Und seine Schwester!

109

Chor.

                  Wehe! Wehe! Wehe!

Beatrice.

  O, meine Mutter!

Isabella.

         Ich erstaune—Redet!

Don Cesar.

  So ist der Tag verflucht, der mich geboren!

Isabella.

  Was ist dir? Gott!

Don Cesar.

        Verflucht der Schooß, der mich
Getragen!—Und verflucht sei deine Heimlichkeit,
Die all dies Gräßliche verschuldet! Falle
Der Donner nieder, der dein Herz zerschmettert,
Nicht länger halt' ich schonen ihn zurück—
Ich selber, wiss' es, ich erschlug den Bruder,
In ihren Armen überrascht' ich ihn;
Sie ist es, die ich liebe, die zur Braut
Ich mir gewählt—den Bruder aber fand ich
In ihren Armen—Alles weißt du nun!
—Ist sie wahrhaftig seine, meine Schwester,
So bin ich schuldig einer Gräuelthat,
Die keine Reu' und Büßung kann versöhnen!

Chor. (Bohemund.)

  Es ist gesprochen, du hast es vernommen,
Das Schlimmste weißt du, nichts ist mehr zurück!
Wie die Seher verkündet, so ist es gekommen,
Denn noch Niemand entfloh dem verhängten Geschick.
Und wer sich vermißt, es klüglich zu wenden,

Der muß es selber erbauend vollenden.

Isabella.
Was kümmert's mich noch, ob die Götter sich
Als Lügner zeigen, oder sich als wahr
Bestätigen? Mir haben sie das Ärgste
Gethan — Trotz biet' ich ihnen, mich noch härter
Zu treffen, als sie trafen — Wer für nichts mehr
Zu zittern hat, der fürchtet sie nicht mehr.
Ermordet liegt mir der geliebte Sohn,
Und von dem lebenden scheid' ich mich selbst.
Er ist mein Sohn nicht — Einen Basilisken
Hab' ich erzeugt, genährt an meiner Brust,
Der mir den bessern Sohn zu Tode stach.
— Komm, meine Tochter! Hier ist unsers Bleibens
Nicht mehr — den Rachegeistern überlass' ich
Dies Haus — ein Frevel führte mich herein,
Ein Frevel treibt mich aus — Mit Widerwillen
Hab' ich's betreten und mit Furcht bewohnt,
Und in Verzweiflung räum' ich's — Alles dies
Erleid' ich schuldlos; doch bei Ehren bleiben
Die Orakel, und gerettet sind die Götter.
(Sie geht ab. Diego folgt ihr.)

Sechster Auftritt.

Beatrice. Don Cesar. Der Chor.

Don Cesar (Beatricen zurückhaltend).
Bleib, Schwester! Scheide du nicht so von mir!
Mag mir die Mutter fluchen, mag dies Blut
Anklagend gegen mich zum Himmel rufen,
Mich alle Welt verdammen! Aber du
Fluche mir nicht! Von dir kann ich's nicht tragen!

Beatrice (zeigt mit abgewandtem Gesicht auf den Leichnam).

Don Cesar.
  Nicht den Geliebten hab' ich dir getödtet!
  Den Bruder hab' ich dir und hab' ihn mir
  Gemordet—Dir gehört der Abgeschiedne jetzt
  Nicht näher an, als ich, der Lebende,
  Und ich bin mitleidswürdiger, als er,
  Denn er schied rein hinweg, und ich bin schuldig.

Beatrice (bricht in heftige Thränen aus).

Don Cesar.
  Weine um den Bruder, ich will mit dir weinen,
  Und mehr noch—rächen will ich ihn! Doch nicht
  Um den Geliebten weine! Diesen Vorzug,
  Den du dem Todten gibst, ertrag' ich nicht.
  Den einz'gen Trost, den letzten, laß mich schöpfen
  Aus unsers Jammers bodenloser Tiefe,
  Daß er dir näher nicht gehört, als ich—
  Denn unser furchtbar aufgelöstes Schicksal
  Macht unsre Rechte gleich, wie unser Unglück.
  In einen Fall verstrickt, drei liebende
  Geschwister, gehen wir vereinigt unter
  Und theilen gleich der Thränen traurig Recht.
  Doch wenn ich denken muß, daß deine Trauer
  Mehr dem Geliebten als dem Bruder gilt,
  Dann mischt sich Wuth und Neid in meinen Schmerz,
  Und mich verläßt der Wehmuth letzter Trost.
  Nicht freudig, wie ich gerne will, kann ich
  Das letzte Opfer seinen Manen bringen;
  Doch sanft nachsenden will ich ihm die Seele,
  Weiß ich nur, daß du meinen Staub mit seinem
  In einem Aschenkruge sammeln wirst.

(Den Arm um sie schlingend, mit einer leidenschaftlich

zärtlichen Heftigkeit.)

Dich liebt' ich, wie ich nichts zuvor geliebt,
Da du noch eine Fremde für mich warst.
Weil ich dich liebte über alle Grenzen,
Trag' ich den schweren Fluch des Brudermords,
Liebe zu dir war meine ganze Schuld.
—Jetzt bist du meine Schwester, und dein Mitleid
Fordr' ich von dir als einen heil'gen Zoll.

(Er sieht sie mit ausforschenden Blicken und schmerzlicher
Erwartung an, dann wendet er sich mit Heftigkeit von ihr.)

Nein, nein, nicht sehen kann ich diese Thränen—
In dieses Todten Gegenwart verläßt
Der Muth mich, und die Brust zerreißt der Zweifel—
—Laß mich im Irrthum! Weine im Verborgnen!
Sieh nie mich wieder—niemals mehr—Nicht dich,
Nicht deine Mutter will ich wieder sehen,
Sie hat mich nie geliebt! Verrathen endlich
Hat sich ihr Herz, der Schmerz hat es geöffnet.
Sie nannt' ihn ihren bessern Sohn!—So hat sie
Verstellung ausgeübt ihr ganzes Leben!
—Und du bist falsch, wie sie! Zwinge dich nicht!
Zeig' deinen Abscheu! Mein verhaßtes Antlitz
Sollst du nicht wieder sehn! Geh hin auf ewig!

(Er geht ab. Sie steht unschlüssig, im Kampf
widersprechender
Gefühle, dann reißt sie sich los und geht.)

Siebenter Auftritt.

Chor. (Cajetan.) — — — — — — —

Wohl Dem! Selig muß ich ihn preisen,
Der in der Stille der ländlichen Flur,
Fern von des Lebens verworrenen Kreisen,
Kindlich liegt an der Brust der Natur.
Denn das Herz wird mir schwer in der Fürsten Palästen,
Wenn ich herab vom Gipfel des Glücks
Stürzen sehe die Höchsten, die Besten
In der Schnelle des Augenblicks!

Und auch Der hast sich wohl gebettet,
Der aus der stürmischen Lebenswelle,
Zeitig gewarnt, sich heraus gerettet
In des Klosters friedliche Zelle,
Der die stachelnde Sucht der Ehren
Von sich warf und die eitle Lust
Und die Wünsche, die ewig begehren,
Eingeschläfert in ruhiger Brust.
Ihn ergreift in dem Lebensgewühle
Nicht der Leidenschaft wilde Gewalt,
Nimmer in seinem stillen Asyle
Sieht er der Menschheit traur'ge Gestalt.
Nur in bestimmter Höhe ziehet
Das Verbrechen hin und das Ungemach,
Wie die Pest die erhabnen Orte fliehet,
Dem Qualm der Städte wälzt es sich nach.

(Berengar, Bohemund und Manfred.)
Auf den Bergen ist Freiheit! Der Hauch der Grüfte
Steigt nicht hinauf in die reinen Lüfte;
Die Welt ist vollkommen überall,
Wo der Mensch nicht hinkommt mit seiner Qual.

(Der ganze Chor wiederholt.)
Auf den Bergen u. s. w.

Achter Auftritt.

Don Cesar. Der Chor.

Don Cesar (gefaßter).
  Das Recht des Herrschers üb' ich aus zum letzten Mal,
  Dem Grab zu übergeben diesen theuren Leib,
  Denn dieses ist der Todten letzte Herrlichkeit.
  Vernehmt denn meines Willens ernstlichen Beschluß,
  Und wie ich's euch gebiete, also übt es aus
  Genau—Euch ist in frischem Angedenken noch
  Das ernste Amt, denn nicht von langen Zeiten ist's,
  Daß ihr zur Gruft begleitet eures Fürsten Leib.
  Die Todtenklage ist in diesen Mauern kaum
  Verhallt, und eine Leiche drängt die andre fort
  Ins Grab, daß eine Fackel ander andern sich
  Anzünden, auf der Treppe Stufen sich der Zug
  Der Klagemänner fast begegnen mag.
  So ordnet denn ein feierlich Begräbnißfest
  In dieses Schlosses Kirche, die des Vaters Staub
  Verwahrt, geräuschlos bei verschloßnen Pforten an,
  Und Alles werde, wie es damals war, vollbracht.

Chor. (Bohemund.)
  Mit schnellen Händen soll dies Werk bereitet sein,
  O Herr—denn aufgerichtet steht der Katafalk,
  Ein Denkmal jener ernsten Festlichkeit, noch da,
  Und an den Bau des Todes rührte keine Hand.

Don Cesar.
  Das war kein glücklich Zeichen, daß des Grabes Mund
  Geöffnet blieb im Hause der Lebendigen.
  Wie kam's, daß man das unglückselige Gerüst
  Nicht nach vollbrachtem Dienste alsobald zerbrach?

Chor. (Bohemund.)
  Die Noth der Zeiten und der jammervolle Zwist,
  Der gleich nachher, Messina feindlich theilend, sich
  Entflammt, zog unsre Augen von den Todten ab,
  Und öde blieb, verschlossen dieses Heiligthum.

Don Cesar.
  Ans Werk denn eilet ungesäumt! Noch diese Nacht
  Vollende sich das mitternächtliche Geschäft!
  Die nächste Sonne finde von Verbrechen rein
  Das Haus und leuchte einem fröhlichen Geschlecht.

(Der zweite Chor entfernt sich mit Don Manuels Leichnam.)

Erster Chor. (Cajetan.)
  Soll ich der Mönche fromme Brüderschaft hieher
  Berufen, daß sie nach der Kirche altem Brauch
  Das Seelenamt verwalte und mit heil'gem Lied
  Zur ew'gen Ruh einsegne den Begrabenen?

Don Cesar.
  Ihr frommes Lied mag fort und fort an unserm Grab
  Auf ew'ge Zeiten schallen bei der Kerze Schein;
  Doch heute nicht bedarf es ihres reinen Amts,
  Der blut'ge Mord verscheucht das Heilige.

Chor. (Cajetan.)
  Beschließe nichts gewaltsam Blutiges, o Herr,
  Wider sich selber wüthend mit Verzweiflungsthat;
  Denn auf der Welt lebt Niemand, der dich strafen kann,
  Und fromme Büßung kauft den Zorn des Himmels ab.

Don Cesar.
  Nicht auf der Welt lebt, wer mich richten strafen kann,
  Drum muß ich selber an mir selber es vollziehn.
  Bußfert'ge Sühne, weiß ich, nimmt der Himmel an;

Doch nur mit Blut büßt sich ab der blut'ge Mord.

Chor. (Cajetan.)
Des Jammers Fluthen, die auf dieses Haus gestürmt,
Ziemt dir zu brechen, nicht zu häufen Leid auf Leid.

Don Cesar.
Den alten Fluch des Hauses lös' ich sterbend auf,
Der freie Tod nur bricht die Kette des Geschicks.

Chor. (Cajetan.)
Zum Herrn bist du dich schuldig dem verwaisten Land,
Weil du des andern Herrscherhauptes uns beraubt.

Don Cesar.
Zuerst den Todesgöttern zahl' ich meine Schuld,
Ein andrer Gott mag sorgen für die Lebenden.

Chor. (Cajetan.)
So weit die Sonne leuchtet, ist die Hoffnung auch,
Nur von dem Tod gewinnt sich nichts! Bedenk' es wohl!

Don Cesar.
Du selbst bedenke schweigend deine Dienerpflicht!
Mich laß dem Geist gehorchend, der mich furchtbar treibt,
Denn in das Innre kann kein Glücklicher mir schaun.
Und ehrst du fürchtend auch den Herrscher nicht in mir,
Den Verbrecher fürchte, den der Flüche schwerster drückt!
Das Haupt verehre des Unglücklichen,
Das auch den Göttern heilig ist—Wer das erfuhr,
Was ist erleide und im Busen fühle,
Gibt keinem Irdischen mehr Rechenschaft.

Neunter Auftritt.

Donna Isabella. Don Cesar. Der Chor.

Isabella (kommt mit zögernden Schritten und wirft unschlüssige
Blicke auf Don Cesar. Endlich tritt sie ihm näher und spricht
mit gefaßtem Ton).
  Dich sollten meine Augen nicht mehr schauen,
  So hatt' ich mir's in meinem Schmerz gelobt;
  Doch in die Luft verwehen die Entschlüsse,
  Die eine Mutter, unnatürlich wüthend,
  Wider des Herzens Stimme faßt—Mein Sohn!
  Mich treibt ein unglückseliges Gerücht
  Aus meines Schmerzens öden Wohnungen
  Hervor—Soll ich ihm glauben? Ist es wahr,
  Daß mir ein Tag zwei Söhne rauben soll?

Chor. (Cajetan.)
  Entschlossen siehst du ihn, festen Muths,
  Hinab zu gehen mit freiem Schritte
  Zu des Todes traurigen Thoren.
  Erprobe du jetzt die Kraft des Blutes,
  Die Gewalt der rührenden Mutterbitte!
  Meine Worte hab' ich umsonst verloren.

Isabella.
  Ich rufe die Verwünschungen zurück,
  Die ich im blinden Wahnsinn der Verzweiflung
  Auf dein geliebtes Haupt herunter rief.
  Eine Mutter kann des eignen Busens Kind,
  Das sie mit Schmerz geboren, nicht verfluchen.
  Nicht hört der Himmel solche sündige
  Gebete; schwer von Thränen, fallen sie
  Zurück von seinem leuchtenden Gewölbe.
  —Lebe, mein Sohn! Ich will den Mörder lieber sehn
  Des einen Kindes, als um beide weinen.

Don Cesar.

  Nicht wohl bedenkst du, Mutter, was du wünschest
  Dir selbst und mir—Mein Pfad kann nicht mehr sein
  Bei den Lebendigen—Ja, könntest du
  Des Mörders gottverhaßtes Antlitz auch
  Ertragen, Mutter, ich ertrüge nicht
  Den stummen Vorwurf deines ew'gen Grams.

Isabella.

  Kein Vorwurf soll dich kränken, keine laute,
  Noch stumme Klage in das Herz dir schneiden.
  In milder Wehmuth wird der Schmerz sich lösen,
  Gemeinsam trauernd, wollen wir das Unglück
  Beweinen und bedecken das Verbrechen.

Don Cesar (faßt ihre Hand, mit sanfter Stimme).

  Das wirst du, Mutter. Also wird's geschehn.
  In milder Wehmuth wird dein Schmerz sich lösen—
  Dann, Mutter, wenn ein Todtenmal den Mörder
  Zugleich mit dem Gemordeten umschließt,
  Ein Stein sich wölbet über beider Staube,
  Dann wird der Fluch entwaffnet sein—Dann wirst
  Du deine Söhne nicht mehr unterscheiden,
  Die Thränen, die dein schönes Auge weint,
  Sie werden einem wie dem andern gelten,
  Ein mächtiger Vermittler ist der Tod.
  Da löschen alle Zornesflammen aus,
  Der Haß versöhnt sich, und das schöne Mitleid
  Neigt sich, ein weinend Schwesterbild, mit sanft
  Anschmiegender Umarmung auf die Urne.
  Drum, Mutter, wehre du mir nicht, daß ich
  Hinuntersteige und den Fluch versöhne.

Isabella.

  Reich ist die Christenheit an Gnadenbildern,
  Zu denen wallend ein gequältes Herz

Kann Ruhe finden. Manche schwere Bürde
Ward abgeworfen in Lorettos Haus,
Und segensvolle Himmelskraft umweht
Das heil'ge Grab, das alle Welt entsündigt.
Vielkräftig auch ist das Gebet der Frommen,
Sie haben reichen Vorrath an Verdienst,
Und auf der Stelle, wo ein Mord geschah,
Kann sich ein Tempel reinigend erheben.

Don Cesar.
Wohl läßt der Pfeil sich aus dem Herzen ziehn,
Doch nie wird das verletzte mehr gesunden.
Lebe, wer's kann, ein Leben der Zerknirschung,
Mit strengen Bußkasteiungen allmählich
Abschöpfend eine ew'ge Schuld—Ich kann
Nicht leben, Mutter, mit gebrochnem Herzen.
Aufblicken muß ich freudig zu den Frohen
Und in den Äther greifen über mir
Mit freiem Geist—Der Neid vergiftete mein Leben,
Da wir noch deine Liebe gleich getheilt.
Denkst du, daß ich den Vorzug werde tragen,
Den ihm dein Schmerz gegeben über mich?
Der Tod hat eine reinigende Kraft,
In seinem unvergänglichen Palaste
Zu echter Tugend reinem Diamant
Das Sterbliche zu läutern und die Flecken
Der mangelhaften Menschheit zu verzehren.
Weit, wie die Sterne abstehn von der Erde,
Wird er erhaben stehen über mir,
Und hat der alte Neid uns in dem Leben
Getrennt, da wir noch gleich Brüder waren,
So wurd er rastlos mir das Herz zernagen,
Nun er das Ewige mir abgewann
Und, jenseits alles Wettstreits, wie ein Gott
In der Erinnerung der Menschen wandelt.

Isabella.

O, hab' ich euch nur darum nach Messina
Gerufen, um euch Beide zu begraben!
Euch zu versöhnen, rief ich euch hieher,
Und ein verderblich Schicksal kehret all
Mein Hoffen in sein Gegentheil mir um!

Don Cesar.

Schilt nicht den Ausgang, Mutter! Es erfüllt
Sich Alles, was versprochen ward. Wir zogen ein
Mit Friedenshoffnungen in diese Thore,
Und friedlich werden wir zusammen ruhn,
Versöhnt auf ewig, in dem Haus des Todes.

Isabella.

Lebe, mein Sohn! Laß deine Mutter nicht
Freundlos im Land der Fremdlinge zurück,
Rohherziger Verhöhnung preisgegeben,
Weil sie der Söhne Kraft nicht mehr beschützt.

Don Cesar.

Wenn alle Welt dich herzlos kalt verhöhnt
So flüchte du dich hin zu unserm Grabe
Und rufe deiner Söhne Gottheit an;
Denn Götter sind wir dann, wir hören dich,
Und wie des Himmels Zwillinge, dem Schiffer
Ein leuchtend Sternbild, wollen wir mit Trost
Die nahe sein und deine Seele stärken.

Isabella.

Lebe, mein Sohn! Für deine Mutter lebe!
Ich kann's nicht tragen, Alles zu verlieren!

(Sie schlingt ihre Arme mit leidenschaftlicher Heftigkeit um
ihn; er macht sich sanft von ihr los und reicht ihr die Hand
mit abgewandtem Gesicht.)

Don Cesar.
  Leb wohl!

Isabella.
  Ach, wohl erfahr' ich's schmerzlich fühlend nun,
  Daß nichts die Mutter über dich vermag!
  Gibt's keine andre Stimme, welche dir
  Zum Herzen mächt'ger als die meine dringt?
(Sie sieht nach dem Eingang der Scene.)
  Komm, meine Tochter! Wenn der todte Bruder
  Ihn so gewaltig nachzieht in die Gruft,
  So mag vielleicht die Schwester, die geliebte,
  Mit schöner Lebenshoffnung Zauberschein
  Zurück ihn locken in das Licht der Sonne.

Letzter Auftritt.

Beatrice erscheint am Eingang der Scene. Donna Isabella.
Don Cesar und der Chor.

Don Cesar (bei ihrem Anblick heftig bewegt sich
verhüllend).
  O Mutter! Mutter! Was ersannest du?

Isabella (führt sie vorwärts).
  Die Mutter hat umsonst zu ihm gefleht,
  Beschwöre du, erfleh' ihn, daß er lebe!

Don Cesar.
  Arglist'ge Mutter! Also prüfst du mich!
  In neuen Kampf willst du zurück mich stürzen?
  Das Licht der Sonne mir noch theurer machen
  Auf meinem Wege zu der ew'gen Nacht?
  —Da steht der holde Lebensengel mächtig

122

Vor mir, und tausend Blumen schüttet er
Und tausend goldne Früchte lebenduftend
Aus reichem Füllhorn strömend vor mir aus,
Das Herz geht auf im warmen Strahl der Sonne,
Und neu erwacht in der erstorbnen Brust
Die Hoffnung wieder und die Lebenslust.

Isabella.
Fleh' ihn, dich oder Niemand wird er hören,
Daß er den Stab nicht raube dir und mir.

Beatrice.

Ein Opfer fordert der geliebte Todte;
Es soll ihm werden, Mutter—Aber mich
Laß dieses Opfer sein! Dem Tode war ich
Geweiht, eh' ich das Leben sah. Mich fordert
Der Fluch, der dieses Haus verfolgt, und Raub
Am Himmel ist das Leben, das ich lebe.
Ich bin's, die ihn gemordet, eures Streits
Entschlafne Furien geweckte—Mir
Gebührt es, seine Manen zu versöhnen!

Chor. (Cajetan.)

O jammervolle Mutter! Hin zum Tod
Drängen sich eifernd alle deine Kinder
Und lassen dich allein, verlassen stehen
Um freudlos öden, liebeleeren Leben.

Beatrice.

Du, Bruder, rette dein geliebtes Haupt!
Für deine Mutter lebe! Sie bedarf
Des Sohnes; erst heute fand sie eine Tochter,
Und leicht entbehrt sie, was sie nie besaß.

Don Cesar (mit tief verwundeter Seele).

Wir mögen leben, Mutter, oder sterben,
Wenn sie nur dem Geliebten sich vereinigt!

Beatrice.

Beneidest du des Bruders todten Staub?

Don Cesar.

Er lebt in deinem Schmerz ein selig Leben,
Ich werde ewig todt sein bei den Todten.

Beatrice.

O Bruder!

Don Cesar (mit dem Ausdruck der heftigsten Leidenschaft).
   Schwester, weinest du um mich?

Beatrice.
   Lebe für unsre Mutter!

Don Cesar (läßt ihre Hand los, zurücktretend).
            Für die Mutter?

Beatrice (neigt sich an seine Brust).
   Lebe für sie und tröste deine Schwester.

Chor. (Bohemund.)
   Sie hat gesiegt! Dem rührenden Flehen
   Der Schwester konnt' er nicht widerstehen.
   Trostlose Mutter! Gieb Raum der Hoffnung,
   Er erwählt das Leben, die bleibt dein Sohn!

(In diesem Augenblick läßt sich ein Chorgesang hören, die
Flügelthüre wird geöffnet, man sieht in der Kirche den
Katafalk aufgerichtet und den Sarg von Candelabern
umgeben.)

Don Cesar (gegen den Sarg gewendet).
   Nein, Bruder! Nicht dein Opfer will ich dir
   Entziehen — deine Stimme aus dem Sarg
   Ruft mächt'ger dringend als der Mutter Thränen
   Und mächt'ger als der Liebe Flehn — Ich halte
   In meinen Armen, was das ird'sche Leben
   Zu einem Loos der Götter machen kann —
   Doch ich, der Mörder, sollte glücklich sein,
   Und deine heil'ge Unschuld ungerächet
   Im tiefen Grabe liegen? — Das verhüte
   Der allgerechte Lenker unsrer Tage,
   Daß solche Theilung sei in seiner Welt —
   — Die Thränen sah ich, die auch mir geflossen,

125

Befriedigt ist mein Herz, ich folge dir.

(Er durchsticht sich mit einem Dolch und gleitet sterbend an seiner
Schwester nieder, die sich der Mutter in die Arme wirft.)

Chor (Cajetan.) (nach einem tiefen Schweigen).
  Erschüttert steh' ich, weiß nicht, ob ich ihn
  Bejammern oder preisen soll sein Loos.
  Dies Eine fühl' ich und erkenn' es klar:
  Das Leben ist der Güter höchstes nicht,
  Der Übel größtes aber ist die Schuld.

www.ingramcontent.com/pod-product-compliance
Lightning Source LLC
Chambersburg PA
CBHW032014010726
47493CB00007B/2398